局外人

【法】阿尔贝·加缪 著

孙洁 译

民主与建设出版社

图书在版编目（CIP）数据

局外人 /（法）阿尔贝·加缪著；孙洁译 . -- 北京：民主与建设出版社，2017.7

ISBN 978-7-5139-1275-4

Ⅰ . ①局… Ⅱ . ①阿… ②孙… Ⅲ . ①中篇小说—法国—现代 Ⅳ . ① I565.45

中国版本图书馆 CIP 数据核字 (2017) 第 179971 号

局外人
JU WAI REN

出 版 人　许久文
总 策 划　丁焕朋
作　　者　[法] 阿尔贝·加缪
译　　者　孙　洁
责任编辑　刘树民
封面设计　三石工作室
出版发行　民主与建设出版社有限责任公司
电　　话　（010）59417747　59419778
社　　址　北京市海淀区西三环中路 10 号望海楼 E 座 7 层
邮　　编　100142
印　　刷　三河市天润建兴印务有限公司
版　　次　2017 年 7 月第 1 版　2021 年 7 月第 3 次印刷
开　　本　630mm × 910mm　1/16
印　　张　12 印张
字　　数　161 千字
书　　号　ISBN 978-7-5139-1275-4
定　　价　59.80 元

注：如发现质量问题，请联系调换。电话：010-59424657

目 录

局外人

堕　落

附录

关于《局外人》和其他

我们这本书把加缪的《局外人》和《堕落》放在了一起，还有他那篇很著名的随笔“西西弗斯的神话”。这样做的目的是因为从《局外人》到《堕落》，再加上他在“西西弗斯”这篇随笔里通过西西弗斯这位神话传说人物的命运的阐述，很可能足以构成他对人的一种格式塔，主要是个人的生活以及命运的思考。无论怎样，想来他这种思考至今也没有失去意义和效果。关于人的生活和命运，在今天仍然是一个非常主流的话题。对这个话题这样的探讨与思索，可能再过一百年也不会失去意义，更不会消失。

一

关于自己的代表作《局外人》，加缪如是说：

“很久前，我曾用一句话——我必须承认，这句话本身就是很大的一个悖论——来总结《局外人》：在我们社会里，一个人在母亲葬礼上没有哭，他就会有被判处死刑的危险。我想说的只是——书中的主人公之所以被判死刑，仅仅是因为他没有参与游戏。就这个意义来说，他是他所生活的那个社会的局外人，他在流浪，处在社会边缘，在私生活之镇上，独自一人，只听从身体的需要。正因为如此，读者一度将他看作一个边缘人。”

注意！是“危险”，而非事实。这种死刑也许根本就不是生理上的，而是道德和心理上的。但有时候却会比前者的伤害更重、更深刻和更残酷。而“游戏”体现为一种约定俗成规则下的行为模式。

加缪否定书中主人公的边缘状态，而一定要当其为“局外人”。不知道是翻译出现的问题还是加缪本人对自己塑造的人物认识上的问题。默尔索这个人物的处境更像是一个处在边缘上的人物，因为尽管作为作者来说，他想要做到的是将其局外化，也许是想借主人公的行为来表现一种自我驱逐，对游戏的拒绝参与。但他首先要做的就是对规则的违反，所以根本就不可能做到局外化，而是身处局内，无可奈何。所以我更愿意将其当作是一个被边缘化了的人。只是边缘是被迫的，却一样还接受规则的约束。

不过我们能够想一想，默尔索究竟为什么不愿参与这个游戏，也许我们能够得到关于这个人物的更明确的概念，更加能够符合作者原初的想法。答案很简单，他拒绝撒谎。

这让我想起前天的一次谈话，关于人为什么要撒谎，以及撒谎的必要性。

“撒谎，不仅仅是指说出实际不存在的东西，也包括——并且尤其如此——说得超出实际存在，如果有关人的灵魂，那么就是说超出人的实际感受。这是我们的所作所为，每天，为了简化生活，我们都在做这样的事情。默尔索和他表现出来的却正相反，他不愿简化生活。他是怎么样就怎样说，他拒绝为自己的情感戴上面具，于是社会感到受到了威胁。比如说别人按照习惯的表达，问他是否为自己的罪行感到遗憾。他回答说：‘与其说感到遗憾，还不如说更觉得厌烦。’就是这一点细微的差别送了他的命。”

因此对我而言，默尔索想成为一个局外人，这是不可能的，人们不允许他这样，不允许他以一位不相干的人的身份从一旁观看，并审视谎言和荒诞的行为本身，所以人们会在每一个时刻都提醒他：你不是一个局外人，不是一个不相干的人，你的存在本身就注定了你只能是一个处在游戏范围内，被卷入游戏里的人。无论你承认与否，都无济于事。所以默尔索才会因为这样那样的原因触犯这个他不想参与的游戏的规则，为此被迫受到惩罚。是的，他杀人了，但那不是他的本意，他从来就没有想过去伤害谁。他就好像是不小心踢翻了、踩碎了一件东西，一件他根本就不愿意去在意的物什，因为对于他，这样的东西毫无价值和意义。但这没用，他必须受到规则的惩罚。所以我不认为他是一个局外人，也许说他是一个想要做，并自以为能做到一个局外人的人更恰当！但这是不可能的，于是，他得到的只是被边缘化的结果，否则游戏规则就惩罚不到他。

这是个故事，这个故事来源于另外一些故事：比如塞万提斯的《堂吉诃德》、卡夫卡的《城堡》、乔伊斯的《都柏林人》等，最后还有穆齐尔的《没有个性的人》是他的另外一种存在形式。就这个意义而言，普鲁斯特的《追忆似水年华》里的那个人物也是一样的。当然，我这样说其实也是在涵盖自我。我想成为一名局外的人，我不想参与所有这些人们津津乐道的游戏，但我做不到，因为我做不到一个人，即便我不想，我也首先得有不想的对象。于是除了作为一个被边缘的人以外，别无选择。

这一切显得很荒谬，也很吊诡。是的，如何能和马洛·摩根的澳洲沙漠原住民那样呢？即便就是那样，不也一样是需要遵守另一种规则，接受另一种模式吗？我面前有一大堆的各类书籍，举目看到的就是尼采的《查拉斯图拉如是说》、班固的《汉书》，还有贾平凹的《废都》。它们之间看上去毫无关联可言，但事实并非如此，事实是这些书籍所记载或说是营造的其实是相同甚至是一样的东西。伽达默尔说：历史的书写就是为了每一个时代人们的需要，所以历史是可以被无限度书写的。的确，就是这样。

二

关于《堕落》。更多应该关注的是冷嘲热讽背后的反讽，而不是其他。我们可以把它看作是对普洛斯特的回忆的反讽，因为作者在小说中一样反复强调了“记忆”。另外，尽管作为一篇小说作品，《堕落》几乎没有什么地方不符合传统的以情节为主体的小说形式，但却十分精彩，尤其是它的言说和语言氛围。

在这里，作者所指的“堕落”究竟是什么？其实这应该是在基督教文化传统里，而不是在“西方文化传统”里，对此一定要做出区分。在基督教文化传统中，“堕落”本身就是一个很关键的概念，作为一个形容词而非动词，这个概念几乎构成了整个基督教哲学的起点。因此，在作者这篇小说里，我们甚至都没有必要去考虑它诞生的历史背景，这个背景是不是二战后，是不是在发生了“历史上最大罪行之一”之后。唯一的联系是在于人类是身负着“原罪”的物种，同时又是被看作是“选民”的。

因此，作者把人类的法官比喻为“忏悔者”，而不是接受忏悔者；因此，才会这样说，“当宗教在树立道德、宣布戒律时，就已经犯下了错误。这一点请您相信我。对于确定罪状，实施惩罚，上帝是不必要的。在我们自己的帮助下，有我们的同类就足够了。”而说出这番话的人，在小说中作为讲述者，通过讲述自己的经历和心路历程，具有强烈讽刺意味地揭示了人，或者也可以说是“人类”的天性的弱点与残疾。也许作者认为这是弱点，但谁又知道这不是这个物种的本性，不是因为最初的逻辑起点来自那个“原罪”的缘故呢？否则也不会出现这样的情形：“这就是为什么总可以找到律师为罪犯辩护，但为无辜者辩护却只是有时能找到。”

作为一个文本，《堕落》在文体上没有必要纠结，需要在意的是它的意指。所有通过讲述者所讲述出来的经历，以及所表达的价值观，构成的是不是也是一种“局外”的现象？或者说“堕落”的根源恰恰正是对局外可能性的无一例外的恐惧，因此而来的挣扎？而作者一直都被看作是存在主义的一员，那么这篇小说的核心，人的“堕落”的本质是不是就是人的社会存在的本质？

“有什么办法，在孤独中，再加上疲惫，人很容易把自己当作是预言家。不管怎样，这就是我，栖身荒原，那里到处是嶙峋的乱石，大雾弥漫，污水横流，这就是我，平庸时代的空虚的预言家，没有使命的以利亚，烧得浑身发烫，满肚子都是烧酒，靠着腐朽发霉的门，手指着低矮的苍天，满嘴是无法无天的诅咒，不能忍受任何的审判。”

据说加缪的这篇《堕落》是对他那个时代西方知识分子，还有他的同胞萨特的存在主义的质疑。但当人们以他“热情而冷静地阐明了当代向人类良知提出的种种问题”而授予他诺贝尔文学奖时，就已经注定了他的这篇作品至少在潜意识上，是对《局外人》开始的思索的延续。至于是不是“荒诞”，如果人作为个体的存在本身就是荒诞的话，那也无所谓“荒诞”了。因此，不得不说桑塔格说得相当有道理：“除了加缪，我想不起还有其他现代作家能唤起爱。”

三

我们需要通过这两部小说看到加缪阐明了什么呢？如果说一个人就像一个事物，想要在世界中保持自己尽可能的纯粹的话，只有两种方法：一种是“拒绝”，另一种是“同流合污”，如果生活不纯净的话。这两部小说的写作年代相距近 15 年，分别描写了两种不同类型的人，也就是说采取的是两种不一样的生活态度和方式。某种意义上有点像是一个人随着年龄的增长，而对生活的态度与参与方式发生的变化。《局外人》的主人公默索尔是拒绝参与，而《堕落》的主人公诺旺·巴蒂斯特·克拉芒斯则采取了完全不同的方式，他参与，但是是带着市侩的态度和意识参与。前一种是纯洁的无知，而后者是全知的庸俗。

如果说加缪“热情而冷静地阐明了当代向人类良知提出的种种问题”的话，那么这种阐明一定是他在他的《西西弗斯的神话》里所写的：

“如果有一种个人的命运，就不会有更高的命运，或至少可以说，只有一种被人看作是宿命的和应受到蔑视的命运。至于其他，他知道那都是他自己的岁月。”

局外人

第一部

第一章

我母亲的棺材就在其中两个架子上，盖子已经盖上了，不过那些螺丝钉只是浅浅地拧在上面，闪闪发亮的镀镍的头还露在外面……

今天，妈妈死了。也可能是昨天，我也不清楚。我收到养老院一封电报，电报的内容是："母死。明日葬。专此通知。"但这说明不了什么。可能是昨天死的。

那所养老院在马朗戈，距离阿尔及尔八十公里。我乘的两点钟的公共汽车下午到，还能赶得上守灵，明天晚上就能回来。为此我向老板请了两天假，这样的理由他没法拒绝。不过他看上去似乎不太高兴。我甚至都跟他说："这可不是我的错儿。"但他根本不理睬。之后我认为我不该跟他这样说。反正，我可没什么需要他原谅的，倒是他应该向我表示哀悼。不过，要是后天他看见我戴着孝时，一定会安慰我的。现在妈妈像是还没有死，不过只是需要完成下葬，那可就是桩了结的事，一切又该按部就班开始公事公办了。

那天很热。跟平时一样，我在塞莱斯特的饭馆吃的饭。那里的人全都为我难过，塞莱斯特甚至说："人只有一个母亲啊。"我走时，他们送我到门口。我有点烦，因为还得到艾玛努埃尔那去借黑领带和黑纱。他几个月前刚死了叔叔。

为了能赶上车，我只好一路跑着去。这一急一跑，然后跟着是汽车的颠簸跟汽油味儿，还有道路和天空亮得晃眼，我就被弄得昏昏沉沉了。我几乎睡了一路。醒来时，发现自己正歪在一个军人身上，他朝我笑笑，问我是不是从远方来的。可我实在不想说话，只勉强应了声“是”。

下车的那个村子离养老院还有两公里，我只能走着去了。实话说那一阵我特别想马上见到妈妈。可那个门房说我得先见见院长。然后他在那忙着，我只能等。等的过程中那个门房说个不停，后来，我见了院长。他是在办公室里接待我的。那是个小老头，佩戴着荣誉团勋章。他有一双浅色的眼睛，就那样盯着我看。随后，他握住我的手老也不松开，我真不知该怎样抽出来。

他看了看档案对我说：“默尔索太太是三年前来的这里，她没有自己的收入，完全靠你赡养。”

一开始我以为他是在责备我，就赶紧解释。但他打断我说：“完全没必要解释，亲爱的孩子。我看过你母亲的档案。很显然，你的薪水不是很多，无力更好地照顾她。她需要有人一直陪在身边。但无论怎样，她在这里过得很快活。”

“是呀，院长先生。”我说。

他接着说：“你知道，她在这有很多朋友，都是些和她年龄差不多的老人。人们总是喜欢跟同龄人在一起的。你太年轻了，她跟你在一起会闷得慌的。”

这倒不假。从前我们住在一起时，妈妈总是那样看着我，但我俩很少说话。刚到养老院的那几天，她总是哭。但我想那是因为不习惯。几个月后，如果让她离开养老院，她又会哭，还是因为不习惯。差不多就是这样，近一年来我几乎没来看过她。当然，也是因为来看她就得占用星期天，还不算赶汽车、买车票，在路上要颠簸两个小时。

院长还在说个不停，可我几乎没在听。

最后他说：“我想你现在一定希望去看看你母亲吧？”

我没说话，就是站起来，由他领着走出去。

在楼梯上他向我解释："我让人把她的遗体移到小太平间去了——这样免得别的老人难受，这你能理解吧？这里每逢有人死了，其他人总得要两三天才安定下来。这给我们的服务带来很多困难。"

我们穿过一个有不少老人的院子，大家正在三五成群闲聊。我们经过时，他们都停下来不说话了，等我们一过去，他们就又开始说起来。真像群喊喊喳喳低声乱叫的鹦鹉。

在一座小房子门口院长与我告别："就是这里，请自便吧，默尔索先生。如果需要，你随时可以去办公室找我。下葬定于明早十点。这样今晚你可以为你母亲守灵，你一定希望这样。还有，我从你母亲的朋友那得知，她希望葬礼按照教会仪式举行。这事我已安排好了，只是觉得该告诉你一声。"

我谢了他。据我所知，我妈妈并不是无神论者，可活着时也没见她关心过什么宗教。

进到太平间里，我发现屋里很亮，干净得一尘不染。屋顶有扇很大的玻璃天窗，墙壁刷成了白色。屋里有几把椅子和几个X形的架子。我母亲的棺材就在其中两个架子上，盖子已经盖上了，不过那些螺丝钉只是浅浅地拧在上面，闪闪发亮的镀镍的头还露在外面，棺木被刷成了褐色。棺材旁站着一个阿拉伯女人，穿着白大褂，头上是颜色鲜亮的围巾，我想她应该是护士。

这时，门房来到我身后。我想他多半是跑着来的，说话有点上气不接下气："他们给盖上了，但您来了，他们就要我打开好让你看看。"

他边说边走近棺材，我叫住了他，告诉他完全没必要这样。

"您不想？"他问我，带点诧异，"您不想让我……"

"不想。"我说。

于是他把螺丝刀放回口袋，站在那就那样看着我。这时我才意识到我不该说"不想"，这让我难为情。继续看了我一会儿，他问："为什么？”我听出他并没有责备的意思，只是想问问。

“说实话我也不知道。”我说。

于是他开始捻自己花白的小胡子不再看我，但他柔声对我说：“我明白。”

他的眼睛是淡蓝色的，很漂亮，面色红润。他给我搬来一把椅子，放在棺材边，然后自己坐在我后面。这时女护士站起来朝门口走去。当她经过我们时，门房低声对我说：“她长了肿瘤。可怜的人儿。”

对此我不太明白，就看了看那个女护士。这时我才注意到，她眼睛下绕着头缠了条绷带。绷带绕过鼻子，脸上除了白色绷带就几乎没有其他的了。

她出去后，门房就起身说：“我不打扰您了。”

我不知道我是不是做了个手势，反正他没走，还是那样站在我身后。背后有个人使我不自在。那时是傍晚，屋内沐浴着柔和舒展的光线。两只大胡蜂在头顶玻璃天窗外嗡嗡乱飞。我开始犯困，眼睛有点睁不开。我头也没回就那样问门房：“您在这很久了吗？”

他回答道：“五年了。”那语气像是一直都在等我问他这话似的。

自然了，他就开始滔滔不绝说起来。我这样想，如果十年前有人告诉他，他会在马朗戈养老院当门房直到终老，他一定会大吃一惊。他说自己来自巴黎，今年六十四岁。

他还想继续说下去，但我打断了他：“噢，您不是本地人？”

我这才想起，在带我去见院长前，他跟我谈起过我妈妈的一些事。他说最好是快点下葬，因为平原天气闷热，特别是这个地方。我记起来就是那时他告诉我他在巴黎住过，还说那是段难忘的时光。

“在巴黎，死人一般会在家里停放三到四天。”他说，“可在这儿什么都是急匆匆的，还没来得及接受某人已经去世这件事，就被拉去参加葬礼。”

“别说了！”他老婆出现打断了他，“你不应该跟这位可怜的年轻人说这些。”

门房的脸红了，一个劲给我道歉。我说：“没关系，没关系。”我觉得他说得很有意思，之前我从没想过这些。

应该是在小太平间里，他告诉我他本来也是被养老院收留的。只是他觉得自己身体还结实，加上正好缺一个门房，他就自荐了。

我于是向他指出，无论如何，他都还是养老院收留的人。他说我说的不对，他觉得自己更像是一位“领导”。我想起来之前我还在奇怪，他为什么在提到养老院的人时（其中有几个并不比他大），总说“他们”“那些人”，有时也说“那些老人们”。当然，我明白他的意思，那可不是一回事。他是门房，是有一定地位的，因此某种程度上他算是管着他们。

那个女护士又进来了。天渐渐黑了，夜色很快压住玻璃天窗。门房打开灯，我的眼在明亮的灯光里什么也看不见。

他建议我去食堂吃饭，但是我一点都不饿。于是他说给我来杯牛奶咖啡。我喜欢牛奶咖啡，于是对他说：“好的，谢谢。”他离开后不一会儿就端着一个托盘回来。我喝着咖啡，突然有些想抽烟。但对此我有些犹豫，不确定能不能在妈妈面前这样做。但最终我把这事好好想了想，认为不会有事。我递给门房一支烟，我们一起抽了起来。

“您知道，您母亲的朋友们也要来守灵。这是习惯，只要有人去世，大家都会参加守灵。我得再去找些椅子端点咖啡来。”

我问能不能关掉一盏灯，因为照在白墙上的灯光实在让我难受，我的眼睛都开始发痛了。他说不行，说这些灯就是这样安装的，要么全开，要么全关。我后来没怎么再注意他。他出去，进来，摆好椅子，把咖啡壶放在其中一把上，再在周围摆上一些杯子。那之后，他就隔着妈妈的棺材坐在我对面。女护士也坐在他旁边，但是把背对着我，所以我看不见她在干什么。我只是从她胳膊的动作，判断她是在织毛线。屋里暖洋洋的，那杯咖啡让我感到热，从开着的门那飘进来夜晚和花的气味。我认为我打了个盹。

我是被一阵很奇怪的窸窣声给弄醒的。睁开眼，屋内更白了。完全没有阴影，每样东西、每个角落、每条曲线都轮廓分明，格外晃眼。有十来个人已经进来，我想这些人应该是妈妈的朋友们。大家静悄悄地在耀眼的灯光中挪动。他们坐下时椅子都没有声响。他们在我眼前，我看人从没这样清楚过，他们的脸和衣服的每个细节都清晰可辨，但我却从他们那听不到一点声响。这让我很难相信他们的存在是真实的。

所有的老太太都系着围裙，束腰的带子让她们的大肚子更加突出。我还从没留意过老太太会有这样大的肚子。而大多数老头都拄着手杖，很瘦。最让我吃惊的是我找不到他们的眼睛，只在一堆皱纹中捕捉到几丝呆滞的目光。

他们坐下来，大多数人看了看我，对我很不自然地点点头，没有牙了的嘴有点过于显眼。我不知道他们是在跟我打招呼，还是习惯性抽动一下自己的脸。但我宁愿相信他们是在跟我打招呼。当我发现他们面朝着我，摇晃着脑袋坐在门房的两边时，我有种可笑的感觉，感觉他们是来审判我的。

接下来，一个女人先开始哭。我看不清她，因为她坐在第二排一个同伴的后面。我只能听到她抽抽搭搭的哭声，觉得她大概不会停下来。除了我，其他人好像都没听见。他们瘫坐在椅子上，面带愁容，一声不吭，看看棺材或是手杖，要不就是眼前任意一个东西。那老太太在继续哭。我很奇怪，因为我并不认识她。我真希望她别再哭了，可我不敢说出来。门房弯下身去对她说了句话，可她只是摇头嘟囔着，继续一个劲地抽搭。于是，门房走过来，在我身边坐下。一开始他没说话。

好一阵后，他才避开我的目光解释道："她跟您母亲很要好。她说您母亲是她在这世上唯一的朋友，现在她什么人也没有了。"

我不知道说什么好，干脆就那样沉默着。过了好一会儿，那位老太太擤擤鼻子又抽搭了一小会儿，就突然安静下来了。

我不困了，但很累，我的腿开始痛起来。现在开始，让我难受的是这些人的沉默。偶尔我会听见一种奇怪的声响，但无法知道那是什么发出的。好半天我才弄明白，那原来是几个老头在吮吸他们的面颊。他们看上去像是在冥想，已经沉浸在这种把戏里，很可能自己也不知道。那时我甚至觉得在他们眼里，躺着一个死人不算什么。但是现在我认为，那是个错误的想法。

所有在场的人都喝了门房端来的咖啡。后来的事我不是很清楚。一夜就那样过去。我还记得中间我睁开了一会眼，能看见他们个个缩成一团睡着了，只有一位例外，他把下巴颏压在紧攥着手杖的手上，盯着我看，好像是在等我醒来。随后，我又睡着。而再次醒来的原因是我的腿越来越疼。

晨曦已经爬上玻璃窗。一会儿，一个老头儿醒了，使劲咳嗽起来。他掏出一大块方格手帕往里面吐痰，每吐一口痰都用尽全身力气。其他人被吵醒，门房说该走了。他们就站起来。一个个被这样一个不舒服的夜折腾得面色苍白。我没想到他们出去时会跟我一一握手，好像经过这么个彼此不说一句话的黑夜，我们之间突然亲热了起来。

我更累了。门房把我带到他那让我洗了把脸，他为我倒了些“白”咖啡，这真好极了，喝完后我感觉舒服很多。出去时，天已大亮。马朗戈和大海之间的山峦上空是一片斑斓的红，山风带来了盐味，看来是个好天气。我很久没到过乡下，我心想要不是因为妈妈，这会儿去散散步该多好。

我在院子里一棵梧桐树下等着，湿润的泥土味钻进我的鼻子，我因此不再犯困。我想到了办公室里的同事们，这个时候，他们该起床准备去上班了，每天这个时候是我最难熬的时间。就在我继续想着时，房里传来的铃声打断了我。窗后一阵忙乱声，随后安静下来。太阳又升高了点，晒得我的脚开始发热。门房从院子那边过来，告诉我说院长要见我。于是我就到院长办公室去。他让我在几张纸上签了字。我注意到了他穿着黑衣服和细条纹的裤子。他拿起电话问我："殡仪馆的人来了一会了，我要让他们来盖棺。您想最后再见见您的母亲吗？"

我说不。

他对着电话低声下令："费雅克，告诉那些人现在可以走了。"

然后，他说他也要去送葬，我谢了他。他在写字台后面坐下，叠起两条小短腿靠在椅背上。他告诉我，按惯例，送葬的只有我跟他，还有值班的女护士。原则上院里规定老人们只许参加守灵不许去送殡。对此他指出："这也是为他们着想，是个人道问题。"不过这一次，他允许妈妈的一个老朋友——老M·贝莱兹参加送葬。说到这，院长笑了笑。他对我说："您知道，这种感情有点孩子气。他和您的母亲几乎是形影不离。在院里，大家都拿他们打趣，他们对贝莱兹说：'她是您未婚妻。'他只是笑。他们觉得开心。现在的问题是默尔索太太的死让他很难过，我认为不应该拒绝他。但根据医生的建议，我昨天没让他守灵。"

接下去我们就那样默默坐了会儿。后来院长站起来往窗外看。看了会儿他说："马朗戈的神甫来了。他倒是提前了。"

他告诉我教堂在村里，去那儿至少要走三刻钟。然后我们就下楼了。神甫和两个唱诗童子正在门口等。其中一个手拿香炉，神甫正弯腰调节香炉上银链子的长短。看到我们他直起腰来。他叫我"孩子"，对我说了几句话。他带我们走进太平间。

屋里棺材前站着四个穿黑衣的人，我立刻发现那些螺钉都被旋进去了。我听院长说车已经等在路上，神甫已开始祈祷。接下去一切都进行得很快。那四个人把一块黑布蒙在了棺材上。神甫、两个助手、院长和我一齐走出去。门口等着一位我不认识的太太。

"这是默尔索先生。"院长介绍我说。但我没听清她的名字，我猜她是院里的护士代表。她朝我点点头，瘦骨嶙峋的长脸上没有一丝笑容。然后我们站成一排让棺材经过。我们跟在抬棺材的人后面走出养老院。漆得发亮的送葬车停在大门口，长方形，像办公室桌上那些铅笔盒。

一个身材矮小、衣着滑稽的人站在灵车旁，我想他应该是司仪了。挨着他的是个看上去很拘谨、害羞的小老头，我想他就是老M·贝莱兹先生，我母亲那个很特别的朋友。他戴一顶圆顶宽檐软毡帽——棺材经过时，他摘掉了帽子——裤脚堆在鞋面上，白领的衬衫太大，而黑领花又太小。他的鼻子圆圆的，长满了黑点，嘴唇在不住抖动。他给我印象最深的是那两只耷拉耳，耳轮胡乱卷着，藏在几缕白发里，血红的颜色衬着苍白的面孔。

按照司仪的安排，神甫走在最前面，然后是车子，旁边是四个抬棺材的，再后面是院长和我，护士代表和老贝莱兹先生断后。

阳光现在越来越灿烂，大地的热度在迅速升高。我不明白为什么要等这么久才走。我穿着深色衣服，感觉到背上热烘烘的。那个小老头贝莱兹本来已把帽子戴上了，现在再次摘了下来。院长跟我谈他时，我偏头去看了看他。院长对我说，我母亲和老贝莱兹经常会在傍晚由一个女护士陪着去散步，有时一直走到村里。

我朝四周的田野望去，一排排柏树直接通往天边的山岭，红绿相间的土地上散落着不是很多的房屋。我想我能理解母亲的心理。在这样的地方，傍晚应该是一段令人伤感的时光。而今天，这片大地在火辣辣的太阳下颤动，冷酷无情又令人疲惫不堪。

终于上路了。这时我才发现老贝莱兹有点儿瘸。车子的行进速度渐渐快起来，他很快就落在了后面。车旁也有一个人跟不上，这时和我并排走着。我很好奇，太阳怎么才能在天上升得这么快。我发现田野上早就充满了嗡嗡的虫鸣和簌簌的草声。我脸上流下汗来。我没戴帽子，只好拿手帕扇风。

殡仪馆的一个伙计跟我说了句什么，我没听清。他用右手掀了掀鸭舌帽檐，用左手拿出手帕擦着额头。我问他："你说什么？"

他指指天，连声说："晒得够呛。"

"对。"我说。

过了会他又问:“是您母亲要下葬?”

“对。”我答道。

“她年纪大吗?”

我说:“还好。”实际上，我也不知道她究竟多少岁。

然后，他就不说话了。我回头看见老贝莱兹已经被落下大约五十多米远。他一个人着急往前赶，手摇晃着帽子。再看看院长，他庄严地走着，没有多余的动作，额上也渗出了汗珠，但他不擦。

在感觉里，我们一行人走得更快了。周围仍是被阳光晒得发亮的田野，天空亮得让人受不了。有一阵，我们走过一段新修的公路，路面上的柏油被晒得开始爆裂，每一脚都会往里陷，然后留下一道亮晶晶的凹痕。车顶上，车夫的熟皮帽子就像在这黑油泥里浸过的。我开始迷糊。头上是青天白云，周围是单调的色彩，开裂的柏油黑得黏乎乎，人们穿的衣服黑得死气沉沉，车身则黑得发亮。所有这一切，阳光、皮革味、马粪味、漆味、香火味、一夜没睡的疲倦，都让我两眼昏花，神志开始不清。

再回头时，我发现老贝莱兹已经落在了后面很远，被裹在蒸腾的热浪里，后来干脆看不见了。我仔细寻找，终于发现他离开了大路，正从野地里斜插过来。我注意到大路在前面不远处转了个弯。看来贝莱兹熟悉路径，正抄近路追我们。在大路拐弯的地方他追上了我们。后来，我们又把他落下。他仍然斜穿田野，这样反复了好几次。而我，感到血正朝着太阳穴涌。

接下去一切都进行得难以置信地自然、迅速而准确，具体的细节我记不清了。我只记得在村口，护士代表跟我说了话。她的声音很怪，跟她的脸不协调，那种抑扬的声音有些颤抖。她对我说:“走得慢，会中暑;走得太快又要出汗，到教堂就会着凉。”她说得很对。那属于典型的进退两难，完全没有别的出路。

不过有几件事给我留下了很深的印象，比方说老贝莱兹最后在村口追上我们时的那张脸。他又激动又难过，大滴的泪水淌在面颊上。但因为皱纹太多了，泪水居然都无法流动，很快就在他那张变形了的脸上铺了一层水。还有教堂跟路旁的村民，墓地坟头上红色的天竺葵，贝莱兹的昏厥（像一个散架的木偶），撒在妈妈棺材上的血红色的土，土中夹杂着的雪白的树根，人群，说话声，村子，在一家咖啡馆门前的等待，马达不停的轰鸣声，最后是当汽车开进万家灯火的阿尔及尔时，我想到我要上床睡它十二个钟头时的喜悦。

第二章

……母亲已经安葬好了，明天，我又得按部就班去上班。我的生活看不出有任何变化。

醒来时我才明白，为什么我请两天假老板会那么不高兴，因为今天是星期六。我可真没想到这事，直到起床才想起。老板自然是想到了，加上星期天我就有了四天假，而这怎么也不可能让他高兴。但问题是，妈妈的葬礼是在昨天而不是在今天，这可不是我的错，还有一点，那就是无论怎样星期六和星期天总还是我的。当然，这并不妨碍我理解老板的心情。

昨天我被折腾得够呛，实在不想起来。刮脸时我一直在琢磨今天该干些什么，后来我决定去游泳。于是我乘电车去海滨浴场。

跟往常一样，那有很多年轻人。我在水里看见了玛丽·卡多娜，我们从前在一个办公室工作，她是打字员，有阵子我很想把她弄到手。现在我认为她当时也这样想。但她很快就走了，我们根本没时间发生点什么。

帮她爬上一个皮筏时，我轻轻碰了她的乳房。她趴在筏子上朝我转过身来，我还在水里。她的头发遮住了眼，但她在笑。我就也上了筏子，紧挨着她。天气很好，我半开玩笑把头枕在她肚子上。她没说什么，我就这样待着。我眼望着整片的天，天是蓝的，泛着金色。我感到头下玛丽的肚子在轻轻起伏。我们半睡半醒在筏子上待了很久。当太阳开始变得强烈时，她下了水，我也跟着下水。我追上她，伸手搂住她的腰一起游。她一直在笑。

回到岸上晒干身子时，她对我说："我晒得比你还黑。"我问她晚上愿不愿意一起去看电影。她还是笑，说她想看人们都在谈论的那部喜剧，里面有费南戴尔。①

穿好衣服，她见我系了条黑领带，露出很奇怪的神情，问我是不是在戴孝。我跟她说妈妈死了。她想知道是什么时候，我告诉她说："昨天。"她吓得倒退了一步，但没表示什么。我想对她说这不是我的错，但我收住了，因为我想起我已经跟老板说过了，现在再说就毫无意义。反正，人总是会犯点这样那样的过错。

到了晚上，玛丽就把什么都忘了。电影有的地方挺滑稽，不过实在很蠢。她的腿挨着我的腿。我抚摸她的乳房。电影快结束时，我吻了她，但吻得很笨。出来后她就跟我到我的住处。

醒来时玛丽已经走了。她跟我说过要到婶婶家去。我记起了今天是星期天，就开始烦，因为我从不喜欢星期天。于是我翻个身，在枕头上懒洋洋寻找玛丽头发留下的海水的咸味。我一直睡到十点钟。之后就躺在床上一支接一支地抽烟，直到中午。我不想跟平时那样去塞莱斯特的饭馆吃饭，因为他们肯定要问我，我可不喜欢这样。我煮了几个鸡蛋，就在锅里吃了。没面包，我也不愿下楼去买。

吃过午饭，我有点闷得慌，就在我那间狭小的公寓里走来走去。这公寓我跟妈妈一起住刚合适，剩下我一个人就显得有点大。我就把餐桌搬进了卧室，现在我只用这一间房子，那些我需要的家具全都在这里：一张梳妆台，一架黄铜架的床，几把坐垫已经凹陷了的藤椅，一个带镜子的衣柜，镜架已经生锈了。至于公寓其他部分，我从不使用，也就懒

① 费南戴尔（1903—1971），法国著名喜剧演员。

得去管。

后来，没事找事，我拿起一张旧报，读了起来。我把上面克鲁申盐业公司的广告剪下来，贴在一本旧簿子里。里面搜集了我从报纸上剪下来的我觉得有趣的东西。那之后，我洗了手，最后，实在是没事干，我到了阳台上。

我卧室外是通往郊区的那条大街。午后天气晴朗。但马路很脏，稀少的几个行人也都行色匆匆的，看上去有些可笑。

首先是全家出来散步的人。两个穿海军服的小男孩，短裤刚好到膝盖那，笔挺的衣服让他们有些手足无措；一个小女孩，头上扎着一个粉红色大花结，脚上穿着黑漆皮鞋；紧跟在后面的是他们高大壮硕的母亲，穿着栗色的绸连衣裙；父亲个子不高，但很精悍，看着有点面熟，他头戴一顶草帽，手里拿着手杖，扎着蝴蝶领结。看看他和他老婆，我立刻明白了，人们为什么会说他家世不错，却要娶这样一位老婆，两人显然门不当户不对。

一会儿过来一群来自郊区的小混混，一个个头发梳得油光水滑，打着红领带，上衣的腰身紧束，口袋镶着饰边，方头的皮鞋。我想他们是准备去市中心的电影院看电影去的。他们早早动身，一路上高声喧哗，前去赶电车。

他们过去后，路上渐渐没有人了。这时，日场电影一定已经开始放映。我想，各处的热闹都开始了。街上只剩下一些店主和猫。在街边悬铃木的上方，是晴朗的天空，但不是很明亮。街对面香烟铺子的老板搬出来一把椅子，摆在了人行道上，然后他骑在上面，胳膊放在椅背上。刚刚还挤得水泄不通的电车，现在空荡荡的。就在卖香烟的隔壁，是那家叫“皮埃罗”的小咖啡馆，现在也看不到一位顾客，侍者一个人在打扫地上的木屑。星期天就是这样的……

我也把椅子倒转过来，像卖烟的那样放着，我觉得这样更舒服。我抽了几支烟，又进屋去拿了块巧克力，回到窗前吃起来。天一下子就阴下来了。起初我以为要下暴雨，可天上的乌云很快就散去了。不过，这乌云还是让大街上有一层暴风雨前的雾霾，现在光线很暗了。我看着天空有好一会儿。

五点时，电车轰隆隆开了过来，车里挤满了从郊外体育场看完足球比赛回来的人。我看见甚至连后门的踏板上都站满了人。紧跟着的是一辆坐着球队的电车。我是从他们拎着的小箱子上看出他们是球员来的。他们都正扯着嗓子吼他们的队歌："向前冲啊，小伙子们！"其中有一个抬头看见了我，就冲我喊着："我们赢了！"我挥挥手回应他："好样的！"这时候，街上的私家车也多了起来。

天暗了。屋顶上空的天被染成了红色。一到黄昏，街上就开始拥挤。那些散步的人也都要回家去了。我在人群中又看见了先前那家人，几个孩子现在哭闹着跟在父母后面，看上去疲惫不堪。又过了一会，大批的观众从附近电影院里涌出来。我看见那几个年轻人出来时大步流星，一个个手舞足蹈的很是活跃。他们一定是看的一部西部片。那些去市中心电影院的人回来得要稍稍晚点，他们显得很安静，不过还是有些人在说笑。但比起先前那些人们，他们要无精打采多了。有几个人在我窗下的街上游荡。一群相互挽着胳膊的女孩走过，那些小伙子们大声讲了什么笑话，姑娘们回头看着他们咯咯笑起来。我认出这几个女孩是跟我一个地方的，其中两三个我认识，她们抬头跟我打招呼，我挥挥手。

这时，街灯全部亮了，夜空初现的星星为之黯淡。我望着人行道上的行人和街灯，直到眼睛累了。灯把潮湿的路面照得闪闪发光，驶过的电车车灯照亮了某个女孩的头发、笑脸和手腕上戴着的银手镯。

不一会儿，电车减少了，树木和街灯上方的夜空铺开一层天鹅绒似的夜色。不知不觉中，街道就变得空荡荡起来，只有夜色下出现的第一只猫不紧不慢穿过空无一人的大街。

这时候我才意识到自己还没吃晚饭。也许是因为那样倒骑着椅背时间久了，站起身来时我觉得脖子酸痛。下楼去买来面包和意大利面条，我给自己做了晚饭，就那样站着吃完。本来很想在窗前抽支烟，不过夜晚变得很凉，我不得不放弃这个念头。我关上窗户，转身回到屋内，在那面镜子里看到桌子的一个角上摆放着酒精灯和面包屑。这让我意识到自己又熬过了一个周日，母亲已经安葬好了，明天，我又得按部就班去上班。我的生活看不出有任何变化。

第三章

雷蒙德在继续说话。使他烦恼的是，他对这个跟他睡的女人“还有感情”。但他还是想教训她一下。

早上我一直在办公室干活。老板很和气，问我是不是太累了，他也想知道我妈妈的年纪。为了不弄错，我说了个“六十来岁”，他看上去像是松了口气——我不知道为什么他要这样——感觉像是一件事就这样结束了。

我桌子上有一堆提货单等着我处理。外出吃午饭前，我洗了手。我有在中午洗手的习惯。到了晚上就不那么让人愉快了，晚上滚筒上的擦手巾大多是被人用过了的，完全湿透。我跟老板提过这事。他同意我的看法，但很遗憾——这对他说来实在是不值一提的事。我比平时下班晚了些，十二点半才跟艾玛努埃尔一起出来，他在发货部门工作。办公室外就是海，我们站在楼梯上看了一会停在港口里的船。

外面烈日当头。这时，一辆卡车开过来，带着哗啦哗啦作响的铁链，发动机一个劲砰砰回火放炮。艾玛努埃尔建议我们跳上这辆车，我就开始追赶，但车已经开出去很远，我俩不得不追着车跑了很长一段路。天那么热，发动机的噪音又是那样大，我顿时觉得头晕目眩起来。我被包围在一片嘈杂声和灰尘之中，什么也看不见了，只感到一种混乱的冲动，拼命在绞车、机器、半空中晃动的桅杆和身边的轮船间奔跑。

我第一个抓住车，跳了上去。然后，帮着艾玛努埃尔上来坐好。我们喘着粗气，汽车在尘土和阳光中，在码头高低不平的路上颠簸着。艾玛努埃尔笑得上气不接下气。

来到塞莱斯特的饭馆，我们浑身是汗。塞莱斯特跟往常一样站在门口，挺着大肚子，系着围裙，白色的小胡子格外显眼。看到我的样子他深表同情，关心地问我，“还好吧？”我说好，现在就是肚子饿了。我吃得很快，喝了杯咖啡，然后回家，睡了一会儿，因为我酒喝多了。

醒来后，我躺在床上抽了支烟才起来。时候不早了，我跑去赶电车。办公室里很热，活儿太多了，一个下午我都在干着。晚上下了班，我沿着码头慢步走回去，吹着凉凉的海风，感到很快活。天是绿色的，我感到心满意足。尽管如此，我还是径直回家了，因为我想自己煮些土豆吃。

楼梯黑乎乎的。上楼时我差点撞到老萨拉玛诺，他是我同层的邻居。跟往常一样，他牵着他的狗。八年来，他俩形影不离。这条西班牙种猎犬生了一种皮肤病，我想是丹毒，毛都快掉光了，浑身都是硬皮和褐色的痂。很可能是因为跟狗住在一起，时间久了，萨拉玛诺脸上也一样长了不少发红的硬斑，他那浅黄色的头发也变得稀稀拉拉。这狗连走起路来也像它主人一样怪，弓着腰，驼着背，撅着嘴耷拉着鼻子。最奇怪的是，他们互相都不喜欢对方。

每天上午十一点和下午六点，老头儿两次带着狗出去散步，八年来从未间断过。在里昂的街上人们经常能看到他们，那狗在前面拼命拽着主人，萨拉玛诺要是被拉了个趔趄，他就会开始又打又骂。狗吓得趴在地上，这时就该老头儿拽了。要是狗忘了，又拖起主人来，就又会重新来一次刚才的过程。于是，他们两个就在人行道上相互瞅着，狗的眼里是害怕，老头则是愤怒。没有一次出去他们不是这样。碰到狗要往路灯杆上撒尿，老头就会偏不允许，拽着狗往前走，那可怜的狗就淅淅沥沥尿一路。如果是在家里尿，就会招来一顿毒打。

这样的日子已经过了八年。塞莱斯特总是说“这真可怜”，的确该想点法子，可实际上谁也没办法。我在楼梯上碰见萨拉玛诺时，他正在对狗大喊大叫。他骂它“混蛋！杂种！”狗哼哼着。我跟他说“您好”，但老头儿还在骂。于是，我问狗怎么惹他了，他不搭腔。他只是骂着“混蛋！杂种！”我模模糊糊看见他弯腰在狗的颈圈上摆弄什么。我提高了嗓门儿。他头也不回，憋着火儿回答我：“这老混蛋总是碍我的事，真是找打！”说完，拖着哼哼唧唧、不肯痛痛快快往前走的狗一步步往上走。

正在这时，我那层的第二个邻居进来了。这一带的人都说他靠女人生活。但要是问他职业，他就说是“仓库管理员”。一般说，大家都不喜欢他。但他常跟我说话，有时还到我那儿坐坐，因为我愿意听他说话。事实上，我觉得他说话很有点意思，我没有理由不跟他说话。他叫雷蒙德·桑特斯。他长得相当矮，肩膀却很宽，有着一个拳击手的鼻子。他总是衣冠楚楚。说到萨拉玛诺他也会说：“真是可恶！”他问我看到老头这样对待狗，是不是也觉得讨厌，我说还好。

桑特斯跟我一起上楼，我正要开门，他问我：“喂，一块吃点东西怎样？我这有黑香肠和葡萄酒。”

想到这样我就不用做饭了，于是就说：“好呀，那太谢谢了！”

他也只有一间房子，外带一间没有窗户的厨房。我看到他的床上方摆着一个粉白相间的天使石膏像，还有几张体育冠军的相片，对面墙上有两三张裸体女人画片。屋里很脏，床上乱七八糟的。他点上煤油灯，从口袋里掏出一卷肮脏的绷带，把右手缠了起来。我问他怎么了，他说和一个找碴的家伙打了一架，说那家伙让他生气了。

“您知道，默尔索先生，”他对我说，“我不坏，但我脾气不好。那小子挑衅说：‘你要是男人，就从电车上下来。’我告诉他：‘别闹，我不想理你。’然后他就说我不是男人，没本事。这下可惹恼我了，我下了电车，对他说：‘你最好闭嘴！不然我就教训你。’‘我倒想看看你有多大本事！’他对我喊着。我一拳打在了他脸上，他就那么倒在地上。我刚想上前去扶他起来，没想到他躺在地上给了我一脚。没办法，我只好用膝盖顶压他，痛扁了他一顿。看到他满脸是血，我问他够了没，他这才对我说：‘够了。’”

说话的工夫，桑特斯缠好了绷带。我坐在床上。

“您看，不是我的错，是他自找的。”他说。

我点点头表示认可。

他接着说道：“事实上有件事想征求一下你的意见，和刚刚那事有点关系。你是见过世面的人，我想你能帮上我。这样我们就是一辈子的朋友了，我不会忘了对我有恩的人的。”

我什么也没说，他问我愿不愿意做他朋友。我说这没问题，他好像很满意。他拿出黑香肠在锅里煎起来，然后摆好桌子，拿出两瓶酒来。忙活时他没说话。

我们坐下开始吃。一边吃，他一边开始讲。起初他有点迟疑。

“事情是这样的。这事跟一位女孩有关……是这样的，我和她经常睡在一起，事实上我包养了她，她花了我不少钱，跟我打架的那家伙是她兄弟。”

他留意到我不说话，就赶忙解释说他知道邻居是怎样说他的，说那其实都是胡扯，是血口喷人。他跟别人一样，有自己的原则，而且他还在一家仓库有一份工作。

“至于这件事，”他说，“我发觉她在欺骗我。”他给她的钱足够维持生活。他为她付房租，每天给她二十法郎伙食费。“房租三百法郎，饭钱六百法郎，不时送双袜子或者别的小玩意，一个月也差不多有一千法郎。可对这个时髦女郎来说，这可不够花，她总是在抱怨我，说自己入不敷出。于是有天我就对她说：‘你为什么不找份工作，每天干几个小呢？这样也能让我省省心轻松点。这个月我给你买了一条裙子，替你付了房租，每天还给你二十法郎，你可好，跟你的女友们去咖啡馆享受，请她们喝咖啡。你拿咖啡和糖请她们，出钱的是我。我待你不薄，你就是这样报答我？’可她就是不工作，总是说钱不够。后来有一天，我发现她背地里瞒着我在干什么勾当。”

他告诉我他在她手提包里发现了张彩票，他问她哪来的钱买的，她不能解释。不久，他又在她那里发现一张当票，证明她当了两只镯子。他可一直不知道她有两只镯子。

“这些让我看得清清楚楚，她肯定背着我干下流勾当。我就告诉她我不要她了。不过，我先揍了她一顿，然后才揭了她的老底。我对她说，她就是想着一件事，那就是逮住机会跟男人上床。您知道，默尔索先生，我是这样说的：‘你看不到街上那些女人都在嫉妒你，就因为你靠上我了。总有一天你会后悔的，小娘们，到时可别想我会回心转意。’”

他把她打得直到流血为止。以前，他从不这样打她。“打是打，不过是轻轻碰碰而已。她叫唤，我就关上窗子，也就完了。这一回，我可是来真的了，我要和她彻底玩完。对我来说，我惩罚得还不够呢。”

他解释说，就是为此，他才需要听听我的主意。他停下话，调了调油灯的灯芯。我一直在听他说，喝了将近一整瓶的酒，觉得太阳穴发烫。我的烟抽完了，就抽着雷蒙德的烟。我听见末班电车开过去了，把城市的嘈杂声也带走了。雷蒙德在继续说话。使他烦恼的是，他对这个跟他睡的女人“还有感情”，但他还是想教训她一下。

最初，他想把她带到一家旅馆去，叫来“风化警察”，制造一桩丑闻，让她被当作“妓女”在警察局备个案，那样会让她发疯。后来，他又找过几个道上的朋友。他们有一些可以利用的女人，可他们也没有想出什么办法。正如雷蒙德跟我说的那样，这类事还是得找他们，当你不知道如何对付一个女人时。他对他们说了，他们建议“败坏她的名声”。不过，这不是他的意思。他要考虑考虑。在这之前，他想问问我的意见。在得到我的指点之前，他想知道我对这件事是怎么想的。

我说我什么也没想，但是我觉得这很有意思。

他问我她是不是真的对他不忠？

我不得不承认的确有可能。于是他问我是不是应该惩罚她，假使是我的话，我将怎么做。我说我遇到这类事，永远也不可能知道该怎样做，但我理解他想惩罚她的心情。

我又喝了点酒。他点了一支烟，说出了他的主意。他想给她写封信，告诉她“她是个烦人的家伙”，狠狠羞辱她一番，要让她为自己做的事感到后悔。然后，等她来的时候，他就跟她上床，等她正要“来劲”时，就吐她一脸唾沫，把她赶出去。我觉得这样的确是一个不错的办法。

但雷蒙德说他觉得自己写不好这封信，他想让我替他写。见我没说什么，他就问我是不是马上写不方便，我说不是，说可以试试。

他喝了杯酒，站起来，把盘子和我们吃剩的冷香肠推开。他仔细地擦了擦铺在桌上的漆布，从床头柜的抽屉里拿出一张方格纸和一个信封，还有一支红木杆的蘸水钢笔和一小方瓶紫墨水。他刚说出那女人的名字，我就知道了是个摩尔人。

我写好信，并没怎么用心去写，不过，我还是尽力让雷蒙德满意，因为我没有理由不让他满意。然后，我高声念给他听。他一边抽烟一边听，不时点着头。他请我再念一遍，他看上去非常满意，咯咯笑了。他对我说：“我就知道你脑子好使，老伙计，你懂的真多。”

起初，我还没注意到他叫我“老伙计”。只是当他说“你现在是我真正的朋友了”，这时我才感到惊奇。他又说了一遍，我说：“好。”做不做他的朋友，怎么都行，他可像是真有这个意思。他封上信，我们把剩下的酒喝光，默默抽了会儿烟。外面很安静，我们听见一辆小汽车开过去了。我说：“时候不早了。”

雷蒙德也这样想，他说时间过得很快。从某种意义上说的确是这样。我困了，可又站不起来。我的样子一定很疲倦，因为雷蒙德对我说不该灰心丧气。开始，我没明白。他就解释说，他听说我妈妈死了，但这是早晚的事。对此我表示感谢，并说这也是我的看法。

我站起身来，雷蒙德紧紧握住我的手，说男人之间总是能彼此理解。从他那里出来，我在漆黑的楼梯口待了会儿。楼里寂静无声，从楼梯洞的深处升上来一股隐晦潮湿的气息。我听见了耳朵里血液一阵阵流动声。我站着不动。老萨拉玛诺的屋子里狗还在低声哼哼。

第四章

快到家时，我看见老萨拉玛诺正站在门阶上，样子很紧张。我留意到那狗不在他身边。

接下去一整个礼拜我工作都很忙。雷蒙德来过一次，告诉我说他把信寄走了。我跟艾玛努埃尔去了两次电影院。银幕上演的什么，他有时看不懂，我得给他解释。昨天是星期六，我和玛丽事先就约好了。见了她我心里直痒痒。今天她穿了件漂亮的红白条纹的连衣裙，脚上穿着皮凉鞋。小巧结实的乳房隐约可见，阳光把她的脸晒成棕色，像朵花一样。我们坐上公共汽车，到了离阿尔及尔几公里外的一处海滩，那是两山间的一片狭长的沙滩，在山后，海滩沿岸长着一片灯芯草。那是下午四点，阳光已经不再那么强烈，海水很暖和，轻柔的海浪不断拍打着海岸上的沙子。

玛丽教我玩一种新游戏。那种游戏是在水里游的时候，迎着海浪喝一口水含在嘴里，然后翻身把水朝天喷出去。带着泡沫的水花在空中形成一层薄雾，或者落回来洒在脸上，就像淋浴似的，海水很温暖。海水里的盐弄得我的嘴有些痛，玛丽游到我身边，和我拥抱，把自己的嘴唇贴着我的嘴唇。她伸出舌头吻我的嘴唇，缓解我的疼痛。我们在水里继续折腾了一会儿，然后上了岸。

我们在海滩穿好衣服，玛丽深情地望着我，两眼闪闪发光，我吻了她。从这时起，我们再没有说话。我搂着她，急忙找到公共汽车，回到我那里就跳上了床。我没关窗户，夜晚的夏风吹拂在我们晒得黝黑的身上，很是惬意。

早晨，玛丽说上午没事，我就建议她和我一起吃午饭。她答应后我就下楼去买肉。回来在上楼时我听见雷蒙德屋子里有女人的声音。一会儿，老萨拉玛诺又开始骂起狗来，不一会我就听见木楼梯上响起了靴子和爪子的声音，接着，在"混蛋！脏货！"的骂声中，他们上街去了。我跟玛丽讲了老头儿的故事，她笑个不停。她穿着我的睡衣，卷起了袖子。她笑的时候，我心里痒痒的。过了一会儿，她问我爱不爱她。我回答说这种话毫无意义，但我想我好像不爱她。对此她看上去很难过。可在做饭时，她又无缘无故笑了起来。每当她笑的时候，我就想要吻她。就在这时，我们听见雷蒙德那边传来了吵闹。

先是女人的尖嗓门，接着是雷蒙德的骂声："你辜负了我，你这个臭娘们，你辜负了我！我要好好教训你！"接着就是一阵砰砰声，紧接着是尖叫，很是凄厉——这声音让人心颤——很快，楼梯上就站满了人。我和玛丽也出去了。雷蒙德还在打，那女人一个劲尖叫。玛丽说这真可怕，我没搭腔。她要我去叫警察，我说我不喜欢警察。不过，住在三楼的一个管子工叫来了一个。他敲了敲门，里面没有声音了。他又用力敲了敲，过了会儿，女人哭起来，雷蒙德打开了门。他嘴上叼着一支烟，笑眯眯的。那女人从门里冲出来，对警察说雷蒙德打了她。

警察问："你的名字。"雷蒙德回答了。警察很粗暴地说："跟我说话时，把烟从嘴上拿掉。"雷蒙德犹豫了一下，看了看我，又抽了一口。那个警察立刻挥臂狠狠给了雷蒙德一巴掌，打在了左脸上。香烟从雷蒙德嘴里飞出去几米远。雷蒙德脸色变得很难看，但他当时什么也没说，只是低声下气问警察他能不能拾起他的烟头。警察说可以，但是告诉他："下一次，你要知道警察可不是闹着玩儿的，特别是对你们这些家伙。"

那女人一直在哭，不住说："他打了我。他是个拉皮条的。"

这时雷蒙德问："警察先生，说一个男人是拉皮条的，这合法吗？"但警察命令他"闭嘴"。

雷蒙德于是转向那女人，对她说："等着吧，小娘们儿，咱们还会见面的。"

"够了。"警察让他闭上嘴，叫那女人走，叫雷蒙德待在屋里等着局里传讯。"真不知羞耻，"那警察说，"醉成这样，都要站不住了。嗨！你抖什么！"

"我可没醉，"雷蒙德辩解着，"只是你站在这看我，我忍不住要发抖。"

说着，他回身进屋去关上了门。大家都散了。我和玛丽做好午饭，但她说不想吃，于是我几乎把所有的都吃掉了。一点钟时她离开了，我就睡了一觉。

快三点钟的时候，有人敲门，进来的是雷蒙德。我仍旧躺着。他坐在床沿上，没说话，我问他事情的经过。他说他如愿以偿，但她打了他一个耳光，他就打了她。剩下的，我都看到了。我对他说，我觉得她已受到惩罚，他该满意了。他说他也是这样想的，还指出警察帮忙也没用，反正是她挨揍了。他说他很了解警察，知道该如何对付他们。他还问我当时是不是等着他回敬警察一下子，我说我什么也不等，再说我不喜欢警察。雷蒙德好像很满意。他问我愿意不愿意跟他一块儿出去。我下床梳了梳头。他说我得做他的证人，可我不知道说什么。照雷蒙德的意思，只要说那女人对他不尊重就够了。我答应为他作证。

我们出去了，在咖啡馆，雷蒙德请我喝了一杯白兰地。接着我们玩了一会桌球，我俩几乎不相上下，最后我只输了几分。之后他提议我们去妓院，但我不想去那地方。我俩就慢慢往回走，他告诉我他很高兴，因为自己惩罚了他那个情妇。现在，他对我很亲切，我也觉得散步很开心。

快到家时，我看见老萨拉玛诺正站在门阶上，样子很紧张。我留意到那狗不在他身边。他就像是一个陀螺，左右不停打着转，东张西望着，不住地用满是血丝的小眼去看黑乎乎的走廊。接着他咕噜句什么，朝街上张望。

雷蒙德问他发生了什么，他没立刻回答。后来我就听清了他咕噜的是些什么，他是在骂："脏货！混蛋！"我问他狗呢，他就那样怒视着我说："走了！"一会儿后他开始滔滔不绝起来。

"跟平时一样，我带它去练兵场。那有个集市，有很多人，几乎都走不动了。我停下来看《国王散心》。等我再走的时候，它不在那儿了。当然，我早想给它买一个小点儿的颈圈。可是我从来也没想到这个杂种能这样就走了。"

雷蒙德安慰他说，狗总是能自己找回来的，他接着还讲了几个狗走丢后，很远都自己回到主人身边的故事。但这并没有让老头安心下来，他变得更不安了。

"你还不明白吗？他们会弄走它的——我是说警察。没有人会好心收留它、照顾它，它那样满身都是疤，谁也不会要它。"

我于是跟他说，警察局有个流浪狗收留处，他应该去那地方看看，出点钱就能领回。于是他问我要多少钱，这个我可不清楚。他就发起火来。

"我怎么可能为这个狗杂种花钱呢？去死吧！杀了算了，我一点都不在乎。"他接下去继续骂狗。

雷蒙德大笑起来，钻进楼里。我跟了上去，我们在楼梯口分了手。过了会儿，我听见老头儿的脚步声，他敲敲我的门。

我打开门，他在门槛上站了会儿说："对不起，对不起。希望没打扰你。"

我请他进来，但他不肯。

他望着他的鞋尖儿，那双粗糙苍老、长满硬痂的手哆嗦着。他不看我，问道：“默尔索先生，您说，他们不会把它抓走吧。他们会把它还给我的。不然的话，我可怎么活下去呢？”

我告诉他，据我知道，送到待领处的狗会保留三天，等待物主去领，然后就随意处置了。

他默默盯着我，好一会儿才说：“晚安。”他回了自己的屋，关上门，我听见他在屋里走来走去。接着，我听到他的床咯吱咯吱响。透过墙壁传来一阵奇怪的喘息声，我认为他在哭。我不知道为什么忽然想起了妈妈。可第二天早上我得早起。我不饿，没吃晚饭就上了床。

第五章

最后她嘟囔着说我是个“怪人”。她说：“我想这也是为什么我爱你的原因，不过也许哪天也会为同样的原因恨你。”

雷蒙德往我办公室打了个电话。他说他的一个朋友——他跟他那个朋友提起过我——请我到他离阿尔及尔不远的海滨木屋过星期天。我说我很愿意，不过我已和一个女孩说好一起过周末了。雷蒙德马上说那就请她一起去好了，他说那样她朋友的妻子一定会很高兴，这样就不用再请一个别的女士了。

我本想立刻挂掉电话，因为我老板不喜欢我在办公室里打私人电话。可雷蒙德不让我挂，他说他有一件很重要的事要跟我说，这才是他给我打电话的主要原因，不然完全可以晚上再对我说他朋友的事。

“是这样的，”他说，“一帮阿拉伯人盯了我一上午，其中有那个跟我闹的女人的兄弟。你回来时要是看到他们在屋子附近，就给我传个信。”

我答应了他。

老板这时派人来叫我。我有点不安，我想肯定是又要我好好干活，不要我在工作时间跟朋友通电话闲聊。但结果不是这回事。他是想要跟我讨论一个计划，他还没能做出决定。他打算在巴黎开一个分部，能直接跟那些大公司做生意，免得邮件来往耽误时间，问我愿不愿意去。

"你还年轻，"他说，"我想你会喜欢巴黎的。当然，每年里你还可以去法国各地走走。"

我马上对他说我马上就可以去。但事实是，我根本不在乎去哪。

他于是问我是否对"改变生活方式"不感兴趣。我回答说生活是无法改变的，什么样的生活都一样，我在这儿的生活并不使我不高兴。他好像不满意，说我答非所问，没有雄心大志，这对做买卖是很糟糕的。他说完，我就回去工作了。我并不愿意使他不快，但我看不出有什么理由改变我的生活。仔细想想，我并非不幸。我上大学的时候，有过不少这一类的雄心大志。但当我不得不辍学后，我很快就明白了，这一切实际上并不重要。

晚上，玛丽来找我，问我愿意不愿意跟她结婚。我说怎样都行，如果她愿意，我们就结。于是，她想知道我是否爱她。我说我已经说过一次了，这话毫无意义，如果一定要说，我大概是不爱她。

她说："那为什么又娶我呢？"

我跟她说这无关紧要，如果这能让她高兴的话，我们可以立刻结婚。我提醒她，无论怎样都是她提议结婚的，而我只是回答"可以"。

但她说结婚是件大事。

我回答说："不。"

她沉默了，很好奇地望着我。后来她说话了。她只是想知道："如果这个建议出自另外一个女人，我的意思是说你像喜欢我一样喜欢她，你也会同意？"

"当然。"

于是她说她怀疑自己是不是真的爱我。对此，我可没法让她高兴。两人于是再沉默一会儿。最后她嘟囔着说我是个"怪人"。她说："我想这也是为什么我爱你的原因，不过也许哪天也会为同样的原因恨你。"

我一声不吭，我一点都不知道该说什么。

她想了会儿，就微笑着挽起我的胳膊，很认真地说她愿意跟我结婚。

“好吧，”我说，“你定时间好了，什么时候结婚都行。”我跟她说了老板的提议，玛丽说很愿意跟我去巴黎。

我就告诉她我在巴黎呆过一阵，她问我是在哪。

“在我印象里，那地方很脏。有很多鸽子，院子都是黑乎乎的。那里的人看上去都无精打采的，一个个面色苍白。”

后来，我们出去走了走，逛了城里的几条大街。女人们很漂亮，我问玛丽是否注意到了。她说注意到了，还说她懂我的意思。有一会儿我们没有说话。可我不想她走，就说可以一起去塞莱斯特的饭馆吃饭。她说很愿意去，但晚上她还有事。

就在快到我的住处时，我对她说：“那就再见好了。”

她看看我说：“你不想知道晚上我有什么事吗？”

我很想知道，我只是没有想到问她，看来为此她有些不高兴。我想我当时的样子一定很难堪，因为她突然笑了，朝着我弯下了腰，撅起嘴等着我吻她。

和玛丽分手后，我一个人去了塞莱斯特的饭馆。就在我正准备吃饭时，一个模样很古怪的小个子女人走了进来，问是否可以跟我坐在一张桌子上。这没问题。这女人的脸看上去很像熟透了的苹果，一双眼很有神，不过动作看上去不是很利索，有点像是在抽筋，浑身被绑着似的。她脱下自己的外套，在我对面坐下，然后要过菜单去仔细研究。一会儿她叫来了塞莱斯特，点好了菜，我听见她说话语速很快，但口齿很清晰，每个词都像是能砸出声来的。在等开胃小菜前，她打开了自己的手袋，从里面拿出一张纸和一支铅笔，很快就计算好了账单。接着，她又从手袋里拿出钱包，数出刚够数的钱，加上小费放在了桌上。

这时凉菜来了，她飞快地一扫而光。在等下一道菜时，她又从手袋里掏出一支铅笔，这次是蓝色的，还有一份下周的广播杂志，仔仔细细地把几乎所有的节目一个个勾出来。杂志有十几页，整整一顿饭的工夫，她都在细心做这件事。我已经吃完，她还在专心致志打钩。接着，她站起来，同样机械又迅速地穿上外套，匆匆走出饭馆。

我无事可干，就出去跟了她一阵。她紧贴着人行道的边沿走，一点都不偏斜，就那样笔直朝前走着，也不回头看。她个子很小，但竟然能走这样快，我都很难跟上，不一会儿她就消失了。我只好往回走。有那么一阵子，我觉得这个小机器人很有趣，但很快就忘了。

回到家刚要进门，就遇到了老萨拉玛诺。我只好请他进屋去坐会儿，他对我说他的那条狗真丢了。他去了收留处，狗不在那。那里的人对他说，狗很可能是被车轧死了。他问能不能去警察局问问，但人家对他说这种车轧死流浪狗的事，警察是不会记录的，他们还有更多重要的事要去办。于是我就建议老萨拉玛诺再养一条好了，可他说自己习惯了这条狗，不想再跟别的狗在一起。他说得没错。

我蹲在床上，萨拉玛诺坐在桌前的一张椅子上。他把双手放在膝盖上，头上戴着他的旧毡帽。一张嘴在发黄的小胡子下不知在嘟囔些什么。我开始有些烦他了，好在现在我没什么可干的，连一点睡意都没有。我开始没话找话说起来了，我问起他的狗。

他说他很晚才结婚，年轻时，他曾经想演戏，所以当兵时，他在军队歌舞剧团里演戏。但最后，他进了铁路部门，这也不后悔，因为他现在有一小笔退休金。他和老婆在一起并不幸福，但总的说来也习惯了。老婆死后他感到孤独，就向一个工友要了那条狗。那时它还很小，他得拿奶瓶喂它。因为狗比人活得时间短，他们就一块儿变老了。

“它脾气很坏，”萨拉玛诺说，“我们俩常常吵架。不过，总还算是条好狗。”

我说它是良种，萨拉玛诺听了好像很高兴。

他说：“您没在它生病前见过它呢，它最漂亮的是它那一身毛。”

自从这狗得了这种皮肤病，老萨拉玛诺每天早晚两次给它抹药。但是据他看来，这狗真正的病是衰老，而衰老是治不好的。

这时，我打了个哈欠，老头见了说要走了。我跟他说他可以再待一会儿，对狗的事我很难过。他谢了我，他说我妈妈很喜欢他的狗。说到我妈妈，他称她作“您那可怜的母亲”。他猜想妈妈死后我该是很痛苦，我没有说话。这时，他不大自然地对我说，他知道这一带的人对我看法不好，因为我把母亲送进了养老院，但他了解我，他知道我很爱妈妈。我回答说，我也不知道在这方面他们对我看法不好，但我认为把母亲送进养老院是件很自然的事，因为我雇不起人照顾她。

“再说，”我补充说，“很久以来她就和我无话可说，她一个人待着闷得慌。”

“是呀，在养老院她至少还有伴儿。”他说。

然后，他告辞了。他也想睡觉了。现在他的生活不得不改变，我知道他有些不知所措。最后，他不好意思地伸过手来，这是自我认识他以来的第一次，我感到了他手上一块块的硬皮。他微微一笑，在出去前又说：“我希望今天夜里没有狗叫。我老以为那是我的狗。”

第六章

“当心！”我大声喊道，“他有刀子。”

但已经晚了，那人在雷蒙德的胳膊和嘴上各自都来了一刀。

今天是星期天，我总也睡不醒，玛丽叫我、推我，好半天才把我弄起来。因为想早点去游泳，我们没吃早餐。我的头有点儿疼，我的香烟也有股苦味。玛丽穿了件白色连衣裙，披散着头发。我说她很美，她高兴得直笑，取笑我说我“愁眉苦脸”。

下楼时，我使劲敲了敲雷蒙德的门。他说他就下去。我很疲倦，也因为我没有打开百叶窗，不知道街上已是阳光灿烂，照在我的脸上，像是谁打了我一耳光。

但玛丽高兴得直跳，不住说“天气真好！”，我感觉好了些，肚子更饿了。我跟玛丽说了，她给我看看她的漆布包，里面放着我们的游泳衣和一条浴巾。我们就在那等雷蒙德，听见他关上门。他出现时，我们看到他穿条蓝裤，短袖白衬衫，鬼知道为什么戴了顶平顶草帽，引得玛丽一阵大笑。雷蒙德袖子外的手臂很白，长着黑毛，我看了有点不舒服。他吹着口哨下了楼，看样子很高兴。他对我说：“你好，老伙计。”而称玛丽为“小姐”。

前天晚上我跟他去了警察局，我证明那女人对雷蒙德不诚实，欺骗了他，所以他只是受到了警告，他们没核对我的证词。

在门前，我们跟雷蒙德聊了几句，决定去乘公共汽车。海滩并不是很远，走路去也很近，但当然是去得越早越好。雷蒙德认为他的朋友看见我们去得早，一定会很高兴。我们正要动身，雷蒙德拉了拉我的衣袖，他要我看街对面。我看见一帮阿拉伯人正在卖香烟的那家小店的橱窗外晃悠。他们也默默望着我们，不过阿拉伯人看人总是这样古怪——那样子就像我们是石头和树。雷蒙德小声对我说，左边第二个就是“那个人”，我感觉出了他有点心神不宁，但他对我说事情已经过去了。玛丽听不明白他在说什么，问他：“有什么事吗？”

我就告诉她街对面那些阿拉伯人跟雷蒙德有仇。于是玛丽坚持要马上走。这时候雷蒙德耸耸肩，笑笑说，这位女士的建议很对，在这晃悠的确没意思。于是我们就朝着车站走去。途中雷蒙德还回头看了看，然后说那群阿拉伯人没有跟上来。我也回头看了。那些阿拉伯人还在原地，面无表情盯着我们刚才站的地方。

我们上了公共汽车，这时候雷蒙德明显是松了口气，开始跟玛丽打趣开玩笑。我在一旁看着，认为雷蒙德很喜欢她，但她看上去跟他没什么话说，她总是冲我笑。

我们在阿尔及尔郊区下了车。海滩离公共汽车站不远，但要走过一个俯临大海的小高地，然后下坡到海滩。高地上满是发黄的卵石和被蓝蓝的天空映衬得雪白到耀眼的野百合。天太热了，远处闪耀着金属般的光芒。玛丽一边走，一边抡她的漆布包，把花瓣打得一阵飞舞。我们从一片有木阳台的小房屋间穿过，每座房屋外都有绿色或是白色的栅栏。这些房屋有的被怪柳包围着，有的孤零零立在满是石头的高地上。还没等走到高地的尽头，大海就一下子出现了。这时的海平静得像一面镜子，远远的地方有一个很大的岬角，黑色的影子映在海水中。空中传来了微弱的马达声，远处有条小渔船正划破波光粼粼的海面朝我们驶过来，一开始我们谁也没注意到它。

玛丽采了几朵岩石鸢尾花。我们从通往海边的斜坡上去的，沿一条陡峭的小路走下海边，沙滩上已经有一些人在游泳了。

雷蒙德的朋友在海滩尽头有座小木屋。房子背靠峭壁，前面的木桩已经浸在了水里。雷蒙德把我们介绍给了他的朋友。他朋友叫马松，高大魁梧，有很宽的肩膀，而他的妻子又矮又胖，但活泼开朗，一口巴黎腔。

马松让我们不要客气，尽量随意点。他告诉我们，他一早就出海去钓鱼了，午餐可以有炸鱼吃。我夸他的小木屋真漂亮，他告诉我周末和假期都在这里度过。“当然是跟我太太一起了。”他解释说。我看看他妻子，注意到玛丽跟她很合得来，两人现在有说有笑的。我想我这是第一次认真考虑起了跟她的婚事。

马松想马上去游泳，可他妻子和雷蒙德不想去。于是我们三个人出了木屋，一到海滩边，玛丽就跳进水里。马松和我稍等了一会儿。他说话慢悠悠的，而且不管说什么，总要加一句“还有——”，就算是后面的话跟前面的一个样。他说玛丽“很不错，很有魅力”。

但我很快就不再留意他的口头禅，我发现日光浴使我感觉好多了。海滩上的沙子很快就开始发烫了，我尽管很想下水去，但还是拖了几分钟时间。最后，我对马松说：“现在下水去吗？”说完我就一头钻进海水里，而马松则是很小心地走进海水里，直到水漫到下巴那，才开始游起来。他游自由泳，但速度很慢，我只好撇下他一个人去追赶玛丽。现在海水还有点凉，不过我觉得很舒服。我追上玛丽，我俩肩并肩游了很远，这样的步调一致很让人开心，能有这样享受的时刻真好。

到了开阔的海面，我们开始仰泳。我仰望着天空，能感觉到阳光正在晒干我嘴唇还有脸上的海水。远远地，我看见马松游回了海滩，在海滩上躺了下去。从远处看，马松显得格外庞大，就像头搁浅了的鲸。这时候玛丽提议我俩一起游，她在前，我从后面抱住她的腰，由她双臂划水，我蹬腿。

哗哗的水声一直跟着我们，直到我觉得累了。我放开玛丽，不紧不慢地往回游去，深呼吸着努力恢复平静。回到海滩上，我在马松身边躺下去，趴在沙滩上把脸贴着沙子。我说这样真舒服，他回答说没错。不一会，玛丽也回来了。我抬起头看着她走过来。她身上的水在阳光下闪烁着，头发甩到了后背。她在我身旁躺下，紧挨着我。我俩的身体散发出的热量加上越来越强烈的阳光，让我昏昏欲睡。

一会儿后，玛丽推推我，说马松已经回去了，该是吃午餐的时间了。我立刻站起来，因为我发现自己很饿，可玛丽说一早上到现在我还没吻过她。还真是，虽然我好几次想要吻她。她突然对我说："我们再到水里去吧。"于是我们就一下子扑到了海水里，在波浪间平着躺了会儿。后来，我俩又游了一会儿，游到深处，把整个人都淹没在海水里，玛丽伸出双臂抱住了我。我感到她的双腿紧夹住了我，我一阵冲动。

我们回来时，马松已经站在小屋外的台阶上喊我们了。我说我很饿，他立刻转身对他妻子说他喜欢我。面包很好，我把我那份鱼吃光了。接着上来的还有牛排和炸土豆条。我们吃着，没人说话。马松一个劲喝酒，还不断给我倒。上咖啡时，我的头已经昏沉沉的了。我连着抽了好几支烟。马松、雷蒙德和我，我们三个计划八月份就在这里过，费用大家 AA。玛丽忽然说道："哎呀！你们知道几点了吗？才十一点半呀！"

我们都很惊讶，可马松说既然吃得早了，那么午餐就可以随意安排，大家想吃的时候再吃。

玛丽笑了起来，我不知道为什么她要笑，我想她多半是喝多了点。

马松问我愿不愿意跟他一起去海滩上走走。

“我老婆午饭后总要睡午觉。”他说，“我嘛，不喜欢这个。我得走走。我总跟她说这对健康有好处。不过，这是她的权利。”

玛丽说她留下帮马松太太刷盘子。那个小巴黎女人说要干这些事，得把男人赶出去。我们三个人走了。

现在，太阳几乎是直射在沙上，海面的闪光刺得人睁不开眼。海滩上已经看不到一个人了。可以听到从沿着海滩修建的一排棚屋还有那些小木屋里传来的杯盘刀叉的声音。海边的礁石被晒得滚烫，热浪让人无法喘息。

一开始，雷蒙德跟马松在谈一些人跟事情，听上去都是我不知道的。我想他们一定认识很久了，甚至还在一起住过一段时间。我们沿着水边走，海浪很快就打湿了我们的帆布鞋。我不想什么，也许是因为忘了戴帽子，太阳晒得我有些昏昏沉沉的。

雷蒙德对马松说了句什么，我没听清。也就是在这个时候，我看到了不远处有两个穿着蓝色粗布工装的阿拉伯人正朝我们走来。我看看雷蒙德，他点点头说：“就是他们。”我们继续走。马松有点纳闷，想不通这些阿拉伯人是如何跟到这里来的。我认为是因为他们看到我们上车了，而且还注意到了玛丽的漆布手袋。不过我什么也没说。

阿拉伯人走得很慢，但离我们已经近得多了。我们没停下，但雷蒙德说了：“听着，要是等会打架，你，马松，对付第二个。我来收拾我那个家伙。默尔索，你先站一边，要是还有人，你就对付。”

我说：“好。”马松把手放进口袋。

沙子这时候越来越烫，我认为都已经烧红了。隔得不太远时，两个阿拉伯人站住了。我和马松也放慢了步伐，而雷蒙德直接向属于他的那个家伙冲了过去。隔着几步远，我没听清他们之间说了些什么，看上去像是那家伙想要撞击雷蒙德的胸膛，而雷蒙德抬手就是一拳，喊叫着马松过去。马松冲上去，狠狠打了那家伙两拳，把那个人打倒，一头栽进水里，一会儿水里冒出水泡来。而这时候，雷蒙德和另外一个已经厮打在一起，那人已经满脸是血。雷蒙德转身冲我高喊着："小心，我得对付这家伙！"

"当心！"我大声喊道，"他有刀子。"

但已经晚了，那人在雷蒙德的胳膊和嘴上各自都来了一刀。

马松一跃就过去了，倒在水里的那个阿拉伯人这时也已经爬出来，跑到伙伴身后站着。我们不敢动。他们则慢慢后退，两眼死死盯着我们。等退到觉得安全的距离了，他们就转身开始跑起来。我们站在原地没动。雷蒙德的胳膊血流不止，他用力摁着上臂。

马松说正好有个医生经常会来这里度周末，雷蒙德说："那我们赶紧去吧。"他有点口齿不清，因为他的嘴里满是血沫。

我们扶着他回到木屋。雷蒙德说伤口不深不要紧，他可以自己走去医生那。马松太太哭了，玛丽脸色发白。我呢，真不想说这件事，就望着大海抽起烟来。

快一点半时，雷蒙德和马松回来了。雷蒙德胳膊上缠着绷带，嘴角上贴着橡皮膏。医生说不要紧，但雷蒙德的脸色阴沉。马松想逗他笑，可他始终不吭声。

后来，他说他要到海滩上去，我问他到海滩上什么地方，他说随便走走透口气。马松和我说要陪他一道去。可他发起火来，骂了我们一顿。马松说那就别惹他生气吧。不过，我们还是跟了出去。

我们在海滩上走了很久。太阳现在酷热无比，晒在沙滩上和海上，闪闪的金光点点，像是火星四溅。我感觉到雷蒙德知道要去哪，但也许是我错了。

我们走到海滩尽头，那有一小股溪流，是从巨石后的沙地里冒出来的。在那我们看到了那两个阿拉伯人，他们正躺在沙滩上。看上去他们很平静，完全没有敌意，看到我们也一动没动。那个用刀刺伤了雷蒙德的人看着雷蒙德，一声不吭。另一个正在吹一根芦苇秆，反反复复重复着三音符音阶，眼角瞥着我们。

大家都没动。阳光灿烂，周围寂静得只有溪流的潺潺流动声，还有从芦苇管里发出的微弱、单调的声音。这时候，我看见雷蒙德把手伸进口袋里，现在我才知道那里面有一把手枪。但那两个阿拉伯人还是没动。我注意到了那个吹芦苇管的人，他的脚的大脚趾跟别的脚趾分得很开，简直都成了直角。

雷蒙德一边盯着他的对头，一边问我："我给他来一枪？"

我想我如果说不，他一定会火冒三丈，非开枪不可。我就说："他还没说话呢。这样就开枪有点卑鄙。"

现在只有溪流的流淌声和芦苇管发出的声音，连炙热的空气都凝固了起来。

"那好，"雷蒙德说，"那么，我先骂他一顿，他一还口，我就干掉他。"我说："就这样吧。但如果他不掏刀子，你不能开枪。"

雷蒙德有点火了。那个人还在吹，他们俩注意着雷蒙德的一举一动。我说："不，还是一个对一个，空手对空手吧。把枪给我。如果另一个上了，或是掏出了刀子，我就干掉他。"

雷蒙德把枪给了我，阳光在枪身上闪出亮光。我们谁也没动，那就像是全世界都把注意力集中到了我们几个人身上一样。就那样，我们互相盯着对方，我不记得眨没眨过眼。我只是觉得时间静止了，这时候先前那些声音，芦苇管的，溪流的，还有阳光和海水的全都消失了。这样有一阵子，然后我想，可以开枪，也可以不开枪——结果全都一样。

也就是在我正想着时，那两个阿拉伯人不见了。原来他们像蜥蜴一样溜到岩石下面去了。所以，我和雷蒙德就开始往回走。我想他看上去好点了，还跟我说我们坐公车回去。

回到小木屋，雷蒙德登上木台阶，但我在第一个台阶停住了。这时候我已经被太阳晒得有些发昏，没有力气往上爬，更没有精力去跟那两个女人讲清楚这事。问题是这天气太热，太阳也过于毒辣，我可不能一直这样待着，但走开基本也是一样。一会儿后，我转身回到了海滩那，然后一直朝前走去。

到处都是火爆的阳光。大海也在急速地喘气，把它细小的浪头吹到沙滩上。我慢慢朝山岩走去，觉得太阳晒得太阳穴都要蹦出来了。热气整个儿压在我身上，我简直迈不动腿。每逢感到一阵热气扑到脸上，我就咬咬牙，握紧插在裤兜里的拳头，我全身都绷紧了，决意要跟太阳对着干，战胜它所引起的昏昏欲睡。每次看到沙滩上白色的贝壳，还有一些碎玻璃反射的光，我就要使劲咬住牙齿。我坚信自己不会就这样被打倒，我一直都稳稳地朝前走着。

我看见了那堆黑色的岩石。阳光和海上的微尘在它周围罩上一圈炫目的光环。但我马上想到了岩石后清凉的溪流。我现在很想再听听淙淙的水声。只要能逃避太阳，远离女人的眼泪，不再苦苦挣扎——只要能回到岩石后的阴凉里，享受一下清凉宁静就好。

可在我走近那堆岩石时，我看到那个雷蒙德的对手也在那里。这次他是一个人，仰面躺在沙滩上，双手枕在脑后。他的脸被岩石的阴凉遮住了，但身子却暴露在烈日下。我看见他的蓝色粗布工作服冒着热气。对此我很吃惊，我原以为那件事已经了结了的，在来的路上我根本什么都没想。

他看见了我，稍稍抬起了一点身子，把一只手插在口袋里去。我本能地握紧了上衣口袋里那把雷蒙德的手枪。但那个阿拉伯人又躺下去了，只是手没从口袋拿出来。我跟他之间相距大约有十码那么远，大多数时候，他对我不过是热浪中一个模糊的黑影。当然，我偶尔也能看到他半睁半闭的眼睑下闪烁的目光。海浪发出的声响比起一早要显得有气无力多了。但阳光还是猛烈的，照耀着延绵到岩石尽头的沙滩。两个钟头以来，太阳就好像没有移动过似的，就那样烤着毫无动静的大海。很远的海平面那有条小船，我只能从眼角感觉到那有个移动的黑点，我得盯住面前这个阿拉伯人。

有阵子我意识到不该继续想这事，得转身离开才是，可整个海滩，还有滚滚的热浪，都在背后推我。于是我朝溪流那前进几步。那个阿拉伯人还是没动。我那时跟他离得还有些远，很可能是他脸上阳光下的阴影的缘故，我觉得他在朝我笑。

我等了会儿。太阳晒得我两颊发烫，汗珠聚在了我的眉间。我想起这天应该跟我妈妈下葬的那天一样热，感觉也跟那天一样难受——主要是前额那地方，那里的血管很可能就在准备爆裂。我实在难以忍受，就朝前再走一步。我当然知道这很有些蠢，这样朝前走一两步根本无济于事，还是没法躲过毒辣的阳光。可我还是迈出了一步，就一步。然后我就看见了那个阿拉伯人掏出了刀子，迎着阳光对着我。

刀锋闪亮，像一把长剑刺中了我的头。就在这时，聚在眉间的汗珠流到了眼皮上，蒙上一幅温吞吞的水幕。泪水和汗水搅和到了一起，我什么也看不见，我只是觉得太阳像一只很大的锣盖在了我头上，还有那把闪烁着阳光的刀的刀锋，它现在已经穿过我的眼睫毛了，戳入了我的眼里。

感觉到所有一切都在摇晃，从海面刮来一阵滚滚的热浪，天空裂开了，从裂开的口子倒下来一团热火。我浑身神经都绷紧，紧紧握着手枪。我扣动了扳机，有些滑的枪柄在我手中很厉害地震了一下。当一声清脆巨大的响声后，一切也就开始了。我用力甩掉汗水，也甩掉了火热的阳光。我知道自己打破了一整天的平衡，打破了我曾经在这片海滩上享受的幸福与宁静。不过我还是继续朝那具尸体开了四枪，尸体上一点都看不出有弹痕。不过我想，每一声枪声，都是一下沉重、要命的敲门声，把我的苦难之门敲开了。

第二部

第一章

我想了想，然后为他解释说不是连着开的。我是先开了一枪，停了一会儿后，才又接着开的后面四枪。

我被捕后，很快被审讯了好几次。但大多是例如身份之类的形式上的审查。第一次刑讯就在警察局，对我的案子看不出谁有兴趣。一个礼拜后，我被送到了地方预审法官那，我注意到了这位法官看我的眼神很独特。按照常规，他开始问我姓名、住址、职业、出生年月和地点。接着，他想知道我是否找了律师。我回答说"没有"。这个我真还没想过。我于是问他，我是不是真需要找一位律师。

"为什么这样问？"他问我，我说我认为我的案子一点都不复杂。他笑了。"你可能觉得是这样。但我们还是得依法办事，要是你自己没找，那法院就会为你指定一个。"

对此我觉得有些吃惊，我从没想到过当局还能想到这类细节，做出这样的安排。我告诉他对此我很吃惊。他点点头，对我说法律条款就是这样的，一般都会做到万无一失。

最开始时，我并没多在意这位地方预审法官。他是在一间类似起居室的普通房间里审讯的我，窗户上有窗帘，那张桌子上只有一盏台灯。他让我坐在扶手椅上，把台灯的光对着我，而他自己的脸处在黑暗里。

在书上我读到过类似的描写。直到那时，这一切给我的感觉都还是像游戏。但在谈话结束后，我认真观察了这位预审法官：他是一个身材高大的人，五官的轮廓很清晰，一双深蓝色凹陷的眼，留着灰色的胡子，他的头发几乎全白了，但很浓密。给我的印象他很机智，总体上说来还算和蔼。不过他的嘴老是在抽搐，这让我有点紧张和感觉不快。在出去时，我差点上去跟他握手道别，说声“再见”，我几乎忘了自己是杀人犯。

第二天，一位律师到监狱里来看我。他很年轻，个子不高，有点肥胖，黑头发梳理得一丝不苟，这么热的天气——我只穿了一件短袖衫——他还是一套深色的硬领西装，脖子上那条黑白条纹的领带格外刺眼。他把夹在胳膊下的公文包放在了桌上，做了自我介绍，一开始就对我说他仔细看过了我的案件材料。他接着说处理我这类案子要谨慎，但只要我听从他的建议，胜诉的希望很大。我自然要表示感激，而他说：“那好，我们开始办正事。”

他在我的床上坐下，告诉我他们已经调查过了我的私生活，知道我妈妈最近刚去世。他们去过马朗戈，那里的警察说我在母亲的葬礼上表现得“无动于衷”。

“这你必须要理解，”那位律师说，“我不想问你这些事。但这很重要，因为要是我找不到怎样回应‘无动于衷’的法子，就没法为你辩护。在这一点上，也只有你能帮我。”

他问我，在那个“悲痛的场合”里，我是不是感到了难过。我觉得这个问题很奇怪，要是我不得不回答这个问题，我会感到很尴尬。我于是回答说，近几年我已经不太在意自己的感觉了，所以对这个问题我很难回答。坦白说我很爱我母亲——但这的确很难证明。我想了想，补充道，有时候一个正常的人，多少都会有点希望自己深爱的人死去。

律师打断了我，他开始显得烦躁不安起来。

“你要保证在法庭上绝不会这样说，也不能在预审法官那这样说。”

我向他做了保证，但这全都是为了让他满意。我还是对他解释了，说我的身体状况在特定时间里经常会影响我的情绪，在去参加母亲葬礼那天，我就很疲倦，几乎都要在葬礼上睡着了。因此，那天发生的事情我一点都没去留意。但我想说的是，无论怎样，我都不希望自己母亲死去。

但这位律师看上去有点不高兴。“这可不够。”他说。

然后他停下来想了会儿，问我他能不能说那天我的情感被压抑住了。

“不行，”我说，“这不是事实。”

他像看一个怪物似的看着我，我认为他开始讨厌我了。他几乎是不怀好意地说，无论如何，养老院的院长和工作人员都将会出庭作证。

“这可对你不是很有利。”他说。

但我告诉他我母亲去世跟这件案子毫无关系时，他只是回答说这充分说明我没跟法律打过交道，完全不懂是怎么回事。

说完他就走了，走的时候看上去很生气。我希望他能多待会，这样我可以做出一些解释。我想要得到的是他的同情，是发自他内心真诚的辩护，而不是什么更好的辩护。他因此不高兴，我能理解。有那么一两次我差点就要向他保证，我跟其他人一样是一个正常的人。但我想这也没什么用，随他去好了——我不想说，也懒得说。

也是在那天，我又被带去了预审法官办公室。时间是下午两点，房间里很明亮——那房间只有一层很薄的窗帘遮挡阳光——天气很热。他让我坐下，对我很客气。他告诉我说我的律师“凑巧不能来”。他还说我因此有权保持沉默，直到我的律师到场。

我说我可以回答，他就按了桌上一个按钮，马上就有一个年轻的书记员进来，坐在了我身后。然后我和预审法官我们都坐回椅子去，审讯也就这样开始了。他开口就说，别人都说我是一个不爱说话、以自我为中心的人，他想知道对此我怎么看。我回答说："好吧，我几乎不知道该说什么，所以我经常只好保持沉默。"

他又像上次那样笑了，并说我的回答不无道理。"不管怎么说吧，"他说，"这无关紧要。"

紧接着他沉默了会儿，再突然探过身子来看着我，这次嗓门提得比较高："真正让我感兴趣的是你！"

我一点都不清楚他指的是什么，只好继续沉默。

"你的案子里有几点我不太明白，"他看看我，然后继续说，"我想帮你弄清楚。"

他让我把那天的过程再讲一遍，但我觉得这其实很简单。事实是在第一次问讯时我就说过了——我承认比较概括——有关雷蒙德、海滩、游泳、打架、回到海滩，最后是我开了那五枪。对这些我不得不重复再讲述一遍。在我讲述的过程中，我每说一句他都会点一下头，并说"的确是这样"。在我说到了躺在地上的尸体那段时，他很坚决地点点头说："很好！"我讨厌这样没完没了说同一件事，我甚至都觉得我从来也没说过这样多的话。

他停了一会儿，站起来对我说他愿意帮助我，因为我使他感兴趣，如果上帝帮忙的话，他一定能为我排忧解难。不过在此之前，他必须再问我几个问题。他直截了当问我是不是爱妈妈。

"当然，"我说，"像大家一样爱。"在我身后的打字员一直在有节奏地敲打键盘，这时我听到了回车声，我想他很可能是按错了键，现在得把错误的删除。

接下去预审法官提出了一个找不到明确逻辑关系的问题，他问我“为什么要连开五枪”。我想了想，然后为他解释说不是连着开的。我是先开了一枪，停了一会儿后，才又接着开的后面四枪。

“那为什么第一枪跟后面四枪会有间隔呢？”

这时候那火热的沙滩又在我眼前打转了，我感受到了炙热的阳光烤在我的脸上——这一次我没回答。

一阵沉默。预审法官看上去有些不安，他开始挠头，欠欠身又坐回去。最后，他把胳膊肘支在桌子上，探过身来看我，那种神情很有些古怪。

“那为什么，他都已经倒下了，你还要继续开枪？”

这问题我不知道怎么回答，只好继续沉默。

他用一只手摁住自己的额头，语气有点变化说：“我在问你，为什么？”

我无言以对。

这时他突然站起身来，走到对面的文件柜前，打开其中一个抽屉，拿出一枚银质的耶稣受难像，然后朝我走过来。他一边走一边晃动着十字架。

“你知道这是谁吗？”他的声音这次完全变了，开始颤抖，显然他很激动。

“当然知道。”我这次知道回答什么了。

于是他开始滔滔不绝地说，说话的语速飞快。他对我说他信仰上帝，说任何罪人，包括那些十恶不赦的都能得到上帝的宽恕。但前提是首先得忏悔，要像孩子那样，用单纯诚挚的态度去忏悔。他转到了桌子的另一边，停下来对着我，朝我摇晃那枚耶稣受难像。

说实话，我一时很难听懂他在说什么。一方面是因为屋里太热，空气让人觉得透不过气来，另一方面是有几只很大的苍蝇正在屋里嗡嗡地盘旋，其中一只还歇到了我脸上。还有，我也开始有点怕他了。其实说起来我才是罪犯，我怕他有些不合逻辑。问题是他喋喋不休，我需要努力去理解他说的那些话。我想我的供词中最需要澄清的一点其实是为什么我会等了一下才开第二枪。别的事实已经很清楚了，我想正是这一点让他迷惑。

我差点告诉他，这样固执己见是不对的，就这点刨根问底毫无意义。我还没来得及说，他就已经挺直了身体，再度问我是不是信仰上帝，态度很认真。我毫不犹豫回答说“不”，于是他就愤怒了，一屁股坐下。

他对我强调这是不可能的，没有人会不相信上帝，甚至包括那些已经背弃了上帝的人。对此他坚信不疑，他说如果对这点也怀疑，那么生活就失去了意义。“难道你想让我的生活失去意义吗？”他大声喊叫着。我觉得我很无辜，我为什么要让他失去生活的意义？我把这告诉了他。

但他已经隔着桌子把十字架伸到我的眼皮底下，疯狂地大叫起来：“我，我是基督徒。我要请求上帝饶恕你的罪过。可怜的孩子，你怎么能不相信他是为你而受难呢？”

我注意到他称呼我“可怜的孩子”，而这时他的神情是真诚的——可我听够了。房间里越来越热。

我又开始跟平时一样，当我不想听一个人说话时，我就假装我同意对方的看法。很不幸，他真以为我被他说服了，马上态度就变了。

“看看，看看！现在你也承认自己相信上帝了。”

我想我一定是摇头了，因为他这次简直就是瘫回到椅子里去的。那神情显得沮丧、失落。

接下去他好一会儿一言不发，只有打字员在我身后敲打键盘记录着我们的对话，我想这是记下的我们最后一句话吧。他从桌子对面注视着我，看上去很伤心。

“你的灵魂真是冥顽不化，这还是我第一次见到。”他的声音现在很轻柔，“所有在我面前的罪犯，在面对耶稣受难像的时候没有不痛哭流涕的，你是第一个例外。”

我忍不住想对他说，因为那些人都是罪犯。但一想这不对，我现在一样也是罪犯。说实话，我还是很难适应这点。

他站了起来，那意思应该是审讯结束了。他最后问了我一个问题，问的时候语气显得疲惫。他问我是不是对自己的行为感到后悔？

关于这点，我仔细想了。与其说是后悔了，还不如说是有点烦恼，但我找不到合适的词语来表达。问题是他完全就不能理解……那天的审讯到此为止。

后来，我还见过几次这位预审法官，但每次都是在我的律师陪同下。他们只是让我对过去说过的某些地方明确一下，或者是他和我的律师讨论诉讼程序中的一些细节。这些时候他们根本就没注意我。渐渐审讯的调子变了。好像他对我失去了兴趣，已经为我的案件定了性，并以某种方式把我的案子归档了。他不再跟我谈上帝，我也再没有看见他像第一天那样激动过。结果，我们的谈话反而变得更亲切了。提几个问题，跟我的律师聊聊，审讯就结束了。用他的话说，就是我的案子在“正常进行”中。有时候，预审法官也会和我的律师谈谈一般性的话题，那时候他们会让我参与进去。我开始能够自由呼吸了。在这几次交谈中，他们谁都没有表现出对我的敌意，看起来的确一切顺利。当他们对我这样亲切时，我都能感觉到自己是“大家庭的一员”，不过这种想法很荒唐。坦白说，最让我吃惊的，是在这受审的十一个月时间里，我很快就适应了这一切，甚至觉得这是一段快乐的时光。每次在把我送到门口时，预审法官都会拍拍我的肩，亲切地对我说：“好吧，反基督先生，今天就到此为止！”

然后，他就把我交给狱卒。

第二章

以前我在书里读过，说在监狱里，人最后就会丧失时间的概念。但对我来说，这并没有多大意义。

有些事我从不喜欢谈。自从进了监狱，没几天我就知道，我将来是不喜欢谈论这段生活的。不过，后来我发现反感完全没有必要。事实上开始几天，我一点都没觉得自己是在坐牢，而且我还模模糊糊觉得会发生一些奇怪的事。

所有一切真正开始是在玛丽第一次，也是最后一次来看我后。从我收到她的信那天起（据她说是法律不允许她再来看我了，因为她不是我妻子），就是从那天起，我才感到我是在牢房里，我自由的生活到此为止。被送来的那天，他们先是把我关在一间已经有好几个囚犯的牢房里，其中大部分是阿拉伯人。他们看见我都笑了，然后问我犯了什么事。我说我杀了一个阿拉伯人，他们就都不说话了。过一会儿天就黑了。他们告诉我睡觉时把席子的一头卷起来，做成一个长枕头。整整一夜，臭虫都在我脸上爬。几天之后，我才被关进一个单人牢房，睡在一块木板上。我有一个便桶和一个铁盆。监狱是建在本城的高地上的，透过一个小窗口，可以看见大海。有一天，我正抓着铁栏杆看着波光粼粼的大海，一个看守进来，说有人来看我。我想应该是玛丽。果然是她。

到接待室去，得穿过一条长长的走廊，还要上一段台阶，最后再穿过另一条走廊。那是一个明亮的大厅，光线从一个大窗户里射进来。两道大铁栅栏相距约三十英尺，横着把大厅分成三部分，将探望的人和囚犯隔开。我被带到玛丽的对面。她穿着条纹的连衣裙，脸晒得黑黑的。跟我站在一起的有十几个囚犯，大部分是阿拉伯人。玛丽周围大多是摩尔人，身旁的两个人：一个是身材矮小的老太太，紧闭着嘴唇，穿着黑衣服；另一个是没戴帽子的胖女人，指手画脚的，嗓门很大。由于铁栅栏间的距离，探望的人和囚犯都不得不高声叫嚷。

我走进那里，吵吵嚷嚷的声音在光秃秃的墙壁间回荡，明亮的阳光射进大厅，使我感到头昏目眩。我的牢房又静又暗，我得好一会儿才能适应。但我最后还是看清了对面的那些脸，每张脸都像是被聚光灯照射着似的。

我注意到铁栅栏间那片无人区的两头各坐着一个看守。阿拉伯囚犯和他们的家人都面对面蹲着。尽管大厅里乱糟糟的，他们却并没有大声喊叫，而是几乎是在耳语。这种低声细语成了他们头顶吵闹声的伴奏。我很快发现这点，就朝着玛丽走近了一步。她把晒黑了的脸贴在栅栏上，冲我挤出点微笑来。我当时觉得她真漂亮，不过我没有告诉她这点。

“还好吧？”她大声问，“你觉得怎么样？还好吗？需要的东西都有吗？”

“哦，还行。我想都有吧。”

然后我们陷入沉默里，好一阵都没说话。而玛丽一直在笑。那个胖女人正冲着我边上一个人大喊大叫，看来那人应该是她丈夫，个子很高，模样还算不错。

“让娜不想要他。”那女人扯着嗓子大叫。

“哦，哦，真糟糕。”那男人说。

“我跟她说你出来后会再雇他，可她还是不愿意。”

玛丽也对我大声说雷蒙德问我好，我说：“谢谢。”但我的声音被旁边那人给盖住了，他正问“他可好”。

他老婆笑着回答道：“合适？我得说他很好！他身体从来没有这样好过。”

我左面是个矮小的年轻人，手像女孩的手一样纤细。他什么也不说。我注意到他看着对面那位小老太太，而小老太太也热切地看着他。不过我没有时间再观察他们了，因为玛丽对我喊着要我不要失去希望。

“是的，不能。”同时，我望着她，真想隔着栅栏搂住她的肩膀，裙子细腻的布料吸引了我，我有一种奇怪的感觉，好像她是在要我把希望都集中到这上面去。我想这一定也是玛丽的意思，因为她一直盯着我笑。

“你会出来的，出来我们就结婚。”

我满眼都是她洁白闪亮的牙齿，还有眼角细细的皱纹。我回答说：“你相信吗？”但主要还是为了找点话说罢了。

她于是很快地大声说：“是的，你会被释放的，星期天我们还要一起去游泳。”

那个女人又吼起来，告诉她丈夫说她在书记室留了个篮子。她一样一样讲放在里面的东西，要她丈夫仔细查对，因为这些东西很贵。另一边的邻居和他母亲一直都在对望。那些蹲着的阿拉伯人在继续低声交谈。外面的光线好像越来越强，面朝着阳光的人脸上都有了一层黄色的油彩。

我感到不舒服，有些恶心，我真想马上离开。嘈杂声让我难受。但另一方面，我又想多看看玛丽。我不知道过了多少时间。玛丽跟我讲她的工作，她一直在微笑。喊叫声，谈话声，还有那无所不在的低语声交织成一片。唯有我身边那个矮小的年轻人和那老太太之间是一个寂静的孤岛，他们只是互相望着。

后来，那些阿拉伯人被带走。第一个人一走，几乎所有的人都不说话了。那个小老太太走近铁栏杆，这时，一个看守拍了拍她儿子的肩膀。他就喊道："再见，妈妈。"老太太把手从两根铁栏杆间伸出来，慢慢地，轻轻地摆动着。

她一走，一个手里拿着帽子的男人就占了她留下的那块地方。有一个犯人被带了进来，他们热烈谈了起来，但声音很小，因为大厅已经安静下来了。有人来把我右边的那人带走了，他老婆并没有放低声音，好像她没注意到已经不需要喊叫了："保重，亲爱的，不要冲动。"

然后就该是我了。玛丽给了我一个飞吻。我在出去前又回了回头。她站着不动，脸贴在铁栅栏上，嘴巴张开着，嘴角挂着不自然的微笑。

她的信是那以后不久写的。那些我从来也不喜欢讲的事也是从这时候开始的。不管怎么说，不该有任何的夸大，这事我做起来倒比别的事容易。在我被监禁后，最使我难以忍受的是我还常有一些自由人的念头。例如，我想去海滩，朝大海走去。我想象着脚下海浪的声响，想象着跳进水里的快意，这种释放的快感让我一下子感受到了牢房四壁的狭窄。

但这只持续了几个月。然后，我就接受了自己囚徒的身份。我等待着每日在院子里放风或我的律师来访。其余时间我也安排得很好。我常想，如果我不得不住在一棵枯树干里，除了抬头看天上的流云外无事可干，久而久之，我也会习惯的。我会等着鸟儿飞过或天空的白云飘过，就像我在这里等待我的律师，想要看到他戴的古怪的领带，或者在另一个世界里耐心等着周末跟玛丽亲热。好吧，不管怎样，我还没被困在枯树的树干里。比我不幸的人在这世上多了去了。我还记得我母亲经常对我说——她总是这样说——时间久了，什么都会习惯。

当然，我一般都不会去那样深地想。头几个月是最难熬的，但我一努力也就熬过来了。例如，我老是想女人。这很自然，我还年轻嘛。我倒不是专门想到玛丽。我是想女人，随便哪个女人，所有我过去认识的女人，想到我和她们相爱的前前后后，想来想去，牢房里竟充满了一张张女人的面孔，和我的热望与冲动。毫无疑问，这让我很难受，但也帮我打发了很多时间。

没过多久，看守长就对我有了好感。在开饭的时候，他经常会跟厨房的伙计一起来。是他先跟我谈起女人的。他跟我说这也是其他人爱抱怨的一件事。我对他说我跟他们一样，我认为这种待遇不公。“可是，”他说，“正是为了这个才让您坐监狱呀。”

“什么？为了这个？”

“是啊，自由，您被剥夺了自由。”

还真是这样，我可从没想到这个。我同意他的看法，我说：“不错，不然怎么叫惩罚呢？”

“对，您很明白事理。他们不懂。最后他们总是自己想办法。”说完，他就走了。

另外就是香烟，这也是一个不大不小的问题。刚进来时，他们拿去了我的腰带、鞋带、领带，口袋也被翻了一个遍，尤其是把我的香烟拿走了。我要求过，让他们还给我，但他们说这里禁止吸烟。头几天真难熬。很可能正是这事让我沮丧。最开始我从床板上撕下几块木头来咀嚼，弄得我整天想吐。我想不明白他们为什么不让我抽烟，抽烟并不会损害任何人。后来我才明白，这是惩罚的一个组成部分，只是这时我已经习惯不抽了，这个惩罚对我也就失去了意义。

除了这些，说起来我还算是幸运的。最主要的，这里我想我需要再强调一遍，是如何打发时间的。我的无聊与烦闷，是从我学会了回忆的那个时刻起消除掉的。有时候，我会回忆从前我住过的房子，在回忆中我想象自己在从一个角落开始往屋子内走，再回到原处，心里数着一路上所看到的东西。开始，很快就数完了。但下一次重新开始，就会变得稍微长了些。慢慢地，我开始回忆起每件家具，每件家具上的每件东西，每一件东西上的那些细节，而细节上还有细节，比如那些小的装饰、镶嵌的东西，一道裂缝啦，一个缺口等等，还有木制品的纹理和颜色。同时，我还努力保持这份清单的延续性，试图把每件东西都数全。

结果，几个星期后，单单数我房间里的东西，我就能度过好几个钟头。这样，我越是想，想出来的原本已忘记或根本没记住的东西就越多。于是我明白了，一个人哪怕只生活过一天，也可以毫无困难地在监狱里过上一百年。他会有足够多的东西用来回忆，从而打发掉时间。从某种意义上说，这也是一种好处。

还有睡觉。开始，我夜里睡不好，白天根本睡不着。渐渐夜里能睡好，白天也能睡着了。到了最后几个月，我每天已经能睡十六到十八个小时。因此，每天需要熬的时间就只剩下八到六个小时，这中间还有吃饭、大小便、回忆……还有捷克人的故事。

一天，我在床板上的草垫子下发现了一小块旧报纸。报纸的年代看来已经很久远，纸张发黄透明，不过上面的字迹还算清楚。这是一个关于犯罪的故事。第一部分没有了，但由剩下的部分还是能推断出事情发生在捷克斯洛伐克的一个村庄。一个人离开了自己的家乡，外出去谋生。25 年后，这个人赚到了不少钱，于是就带着老婆和孩子回到了家乡。他的母亲和妹妹在家里开了一家小旅馆。他想给她们一个惊喜，就把老婆孩子安置在一个地方，自己用假名住到了母亲的旅店里。他的母亲和妹妹居然一点都没认出他来。吃晚饭时，他告诉母亲和妹妹自己身上有很大一笔钱。到了夜里，他的母亲和妹妹就用锤子把他敲死，尸体扔到了河里。到了第二天，他的妻子来了，无意间说出了他的身份。结果那个母亲上吊自杀了，妹妹也投了井。我把这个故事反复读了无数遍。有时候我感到很难相信这是真的，但反过来想，又觉得非常合情合理。不管怎样，我都觉得他是自作自受，他不该玩这种把戏呢。

就是这样。睡觉、回忆、读那块旧报纸的残片，昼夜交替，时间也就过去了。以前我在书里读过，说在监狱里，人最后就会丧失时间的概念。但对我来说，这并没有多大意义。我始终不理解，时间为什么会有长短。对一个人的一生来说，时间的确够长，但一生也是由每一天累积起来的。不过我不这样想，对现在的我而言，只有“昨天”和“明天”

还有点意义。

当在一个早晨，看守对我说我入狱已经有六个月了时，我相信他说的，只是对我来说，这毫无意义。我在牢房里度过的每一天都是一样的，我总是在重复着同样的行为。

看守走后，我擦擦我的那个锡的小盘子，从盘子里看看自己的脸。我试着微笑了，但看上去还是太严肃。于是我转换着角度，但无论怎样我的表情都是一样的哀伤和压抑。

天黑了，这是我最不愿意提及的时刻——我把此时称为“不知名的时刻”——那时候，夜里开始的嘈杂从监狱的各个角落悄悄传出。我走近铁窗，借着最后一缕光线再度从锡盘里审视自己。一样的严肃，但这一点都不奇怪，因为刚刚我的心情还很沉重。也就是在这个时刻，我听到了几个月来从没有听到过的一种声音。那是一种人发出的声音，毋庸置疑的是，是我自己发出的声音。我能听出来，正是这种声音很多天来一直都在我耳际回响。这时我才意识到，我一直都在自己跟自己说话。

我想起了母亲，想起她葬礼那天那个护士对我说的。的确没有出路，没人能想象监狱里的夜是怎样的。

第三章

于是我明白了，这夏日黄昏中熟悉的路，既通往安然的睡梦，也通往紧闭的牢房。

总体上来说，这几个月过得不算慢，在不知不觉中，上一个夏天就已经过去，而又一个夏天到来。我知道天气转热后，我的案子就要有新的进展。我的案子定于巡回法庭最后一次开庭时审理，这次开庭将于六月底结束。

开庭那天，太阳格外火辣。我的律师告诉我辩论不会超过两三天。他还说："法庭很忙，你的案子并不是日程表上最重要的一件。在你之后，立刻就要办一件弑父案。"

早晨七点半，他们就来提我了，一辆囚车把我送到法院。两名法警把我带到一间小屋里，里面阴森森的。我们坐在门旁，门外传来各种嘈杂声，说话声、叫喊声、椅子在地板上的摩擦声。这些声音让我回忆起小镇上的"社交活动"。在那种活动上，音乐会结束后，人们就忙着收拾大厅准备开始舞会。

其中一位法警告诉我法官还没来，他递给我一根香烟，被我谢绝了。一会儿后，他问我紧张不，我说"一点都不。"我还告诉他我对审判很感兴趣，因为我是第一次见到这样的场面。

“可能吧，”另一个法警说，“不过看多了也累得慌。”

不一会儿，房间里一个小电铃响了。他们马上打开我的手铐，开门让我走到被告席上去。

大厅里人坐得满满的。尽管百叶窗关上了，但还是有不少光线钻进来，法庭里的空气令人窒息。不知道为什么窗户要都紧闭起来。我坐下，两名法警一边一个。

这时，我注意到了我面对着一排面孔。这些面孔都那样死死盯着我，我想着大概就是陪审团了。但我很难分辨出这些面孔彼此间的不一样。这就像在电车上，一上车你就会发现所有坐在你对面的人都在盯着你，你因此会觉得他们都是想要在你身上找到点什么可笑的。这很荒谬，我想这些人才不想发现我身上有什么可笑的，他们是要找出我是个罪犯的证据。不过，区别也不大，反正我是这样想的。

门窗紧闭的大厅里，这么多人也使我头昏脑涨。我又看了看四周，没发现一个熟人。最开始我可没想过这些人都是为我来的。成为公众关注的对象也算是一件新奇的事吧，我想不出以前什么时候我被这样关注过。

“这么多人！”我对我左边那个法警说。他告诉我说是因为我的案件上了报纸。

他指给我陪审席下面那张桌子前的那帮人看，说：“就是他们。”

“谁？”我问。他说：“报馆的人呀。”他认识其中的一个记者。那人这时也看见了他，并朝我们走过来。这人年纪已经不小了，样子倒也和善，只是脸长得有点滑稽。他很亲热地握了握法警的手。我这时注意到大家都在握手，打招呼，谈话，好像在俱乐部里碰到同一个圈子里的人那样高兴。我明白了为什么我刚才会有那么奇怪的感觉，仿佛我是个多余的人，是个擅自闯入的家伙。

但那个记者微笑着跟我打了招呼，说希望我一切顺利。我谢了他，他微笑着说：“您知道，我们有点儿夸大了您的案子。夏天，对报纸来说是个淡季。只有您的事和那宗弑父案还有点儿什么。”

他接着指给我看他刚离开的那群人中的一个矮个子，那人像只肥胖的鼬鼠，戴着一副黑边眼镜。

“那是巴黎一家报纸的特派记者。不过，他不是为您来的。他是来报道那宗弑父案，报社要他把您的案子顺便一起报道一下。”

说到这儿，我又差点儿要说“他们真好！”，但我想这样说会很可笑。他很亲切地挥挥手离开了。我们又等了几分钟。

我的律师到了。他穿着律师袍，跟他一起进来的还有他的一些同事们。他朝记者们走去，跟他们一一握了握手。他们有说有笑，就像是在家庭宴会上一样。直到尖锐的铃声响了，才各自回到自己的位置上去。律师来到我面前，跟我握握手，告诉我回答问题要尽量简短，不要主动说话，剩下的就交给他好了。

我听到左边有挪椅子的声音，看见一个瘦高的男人坐了下来。这人穿着红色的袍子，戴着夹鼻眼镜，坐下时他小心地理了一下长袍，我想他应该是公诉人了。这时候书记员宣布开庭。同时，屋顶的两个大电扇一齐嗡嗡响起来。三个法官这时候走了进来，其中两个穿黑袍，一个穿红袍。他们夹着卷宗迅速在法官席落座，穿红袍的那个坐在了中央那把高背椅上，他把帽子放到台子上，掏出一块手帕擦擦头顶的一块秃顶，然后宣布庭审开始。

记者们已经拿起了钢笔。他们每个人的脸上都带着愤世嫉俗的漠然表情，只有一个是例外。那是一个很年轻的记者，他身穿灰色法兰绒的衣服，戴着一条蓝色领带。他把笔放到了面前的桌子上，目不转睛看着我。他的脸是圆的，样子很平常，一双眼平静而锐利地盯着我。我一时很难把握他的表情。而我有一种奇怪的感觉，好像是我在看着自己。这种感觉一直伴随着我，加上我对庭审过程不熟悉，一开始我没明白是怎么回事：比如陪审员的抽签，主审法官对公诉人、陪审团还有我的律师的提问（我的律师每一次回答时，陪审员的脑袋就会齐刷刷转向法官席）、匆忙念完起诉书（我听到了一些熟悉的名字和地名），最后是需要律师回答的一些附加的问题等等。

法官说应该传讯证人了。执达吏念到的一些姓名让我吃惊，一开始我并没注意到这些人也到了法庭，养老院院长和门房，老M·贝莱兹，雷蒙德，马松，萨拉玛诺，还有玛丽，他们相继在面目模糊的人群中站起身来。玛丽看上去有些不安，她冲我挥挥手，接着跟着这些人一个个从法庭的侧门走了出去。就在我还在吃惊的时候，书记员念到了最后一个名字——塞莱斯特。我看见他从座位上站起身来，他的身边坐着那个和我共用过一张桌子的古怪女人。这次她穿了一件男式的外套，神情显得坚定。她一直都在看我。我还没来得及多想，法官就又开始说话了。

他说真正的辩论就要开始了，他相信无须再要求听众保持安静。据他说，他的职责是不偏不倚地引导有关一宗他要客观对待的案子的辩论。陪审团的判决将会根据公正的原则得到他的解释。最后，他宣布了法庭的纪律，任何人哪怕有最轻微的捣乱，都将被逐出法庭。

法庭内越来越热。不少人都拿起报纸当扇子，于是法庭内响起来一阵折皱报纸的哗哗声。主审法官示意书记员拿来了三把草蒲扇，三位法官立刻扇动起来。

审讯立刻开始。主审法官心平气和地问了我一些问题，我都觉得他有些亲切。不管我多么厌烦，他还是先让我自报家门，我想这也的确是相当自然的，万一把一个人当成另一个人，那可就太严重了。

然后，法官又开始叙述我做过的事情，每读三句话就问我一声："是这样吗？"每一次，我都根据律师的指示回答道："是，法官先生。"

这持续了很久，因为法官叙述得很细。这时候，记者们一直在写。不过我感到了那个年轻的记者在盯着我，还有那个古怪的机器人似的女人。于是我再次想到了电车上的那一排乘客们。主审法官咳嗽了一声，他翻翻面前台子上的材料，扇着扇子严肃地问我。

他说他现在要提出几个与我的案子表面上没有关系，但实际上很可能大有关系的问题。我知道他又要谈我妈妈了，这让我感到非常厌烦。他问我为什么把妈妈送进养老院，我回答说我没有钱请人照看，而且她还需要看病。他问我就个人而言，这是否使我很难受，我回答说无论是妈妈还是我，都不需要从对方得到什么，再说也不需要从任何人那里得到什么，我们俩都习惯了新的生活。于是，主审法官说他并不想强调这一点，他问公诉人是否还有别的问题需要问我。

这一位扭曲了脊背对着我，但并不看我，说如果法官允许，他想知道我是不是预谋杀死那个阿拉伯人才独自回到泉水那的。"不是。"我说。"那么，您为什么带着武器，又单单回到这个地方去呢？"我说这是偶然的。公诉人以一种阴险的口吻说："暂时就是这些。"接下来的事就有点不清楚了，至少对我来说是如此。但是，经过一番秘密磋商之后，法官宣布休庭，听取证词改在下午进行。

我没有时间思考。他们把我带走，装进囚车，送回监狱吃饭。很快，在我刚感到疲惫了，就有人来提我。一切又重来一遍，我被送到同一个大厅里，面对同样一群脸。只是大厅里更热了，仿佛奇迹一般，陪审员、公诉人、我的律师和几个记者，人人手中都拿了一把蒲扇。那个年轻的记者和小女人还在那，但他们不扇扇子，只是继续默默地看着我。

我擦了擦脸上的汗，直到听见传唤养老院院长，这才略微意识到了我所在的地方和我自己。他们问他我妈妈是不是埋怨我，他说是的，但院里的老人很少有不埋怨亲人的。法官让他明确说我妈妈是不是责怪我把她送进养老院，他又说是的。但这一次，他没有补充什么。

对另一个问题，他回答说他对我在下葬那天所表现出的冷静感到惊讶。接着，院长看了看自己的鞋尖，说我不想看看妈妈，没哭过一次，下葬后立刻就走，没在她坟前默哀。还有一件使他惊讶的事，就是殡仪馆的一个人跟他说我不知道妈妈的年龄。大厅里一片寂静，法官问他所说的是否确实。院长没听懂这个问题，法官解释说："这是法律程序，我必须这样问。"

然后，法官问公诉人有没有问题向证人提出，公诉人大声说道："噢！没有了，已经足够了。"他的声音这样响亮，得意扬扬地看着我，使我多年来第一次产生了愚蠢的想哭的愿望，因为我第一次意识到这些人是这样讨厌我。

问过陪审团和我的律师有没有问题之后，法官听了门房的证词。门房和其他人一样，也重复了同样的仪式。他走到我跟前看了我一眼，就转过脸去了。他回答了法官提出的问题。他说我不想去看看我妈妈，却抽烟、睡觉，还喝了牛奶咖啡。这时，我感到有什么东西激怒了整个大厅里的人，我第一次认识到我是有罪的。他们让门房把喝牛奶咖啡和抽烟的事再说一次。

公诉人转向我，他的眼里有种幸灾乐祸。我的律师问门房是否和我一道抽烟了。可公诉人对这个问题极力表示反对。"我想知道，"他愤怒地叫喊着，"这里究竟谁在接受审判？我的朋友，难道你认为诋毁证人就能动摇他充分有力的证词，能为你的委托人辩护吗？"尽管如此，法官还是让门房回答这个问题。

老头子很难为情，"我知道我也不对，"他几乎是在喃喃自语，"可我的确接了这位年轻的先生递给我的一支烟——不过我是出于礼貌。”

法官问我还有什么需要补充的。我说：“没有，证人说得对，我的确给了他一支烟。”

门房既有点惊奇又怀着某种感激心情看了看我。接着他迟疑了一下，说牛奶咖啡是他请我喝的。

我的律师得意地叫了起来，说陪审员们一定会重视这一点的。

但公诉人站起来，“很对，”他的声音像一阵雷鸣炸响在所有人的头顶，“陪审员先生们会重视的。而他们的结论将是，一个外人可以请喝咖啡，而一个儿子，面对给了他生命的那个人，就该拒绝。”这之后，门房回到了他的座位上。

轮到老M·贝莱兹了。一个执达吏把他扶到证人席上。贝莱兹说自己是我母亲的朋友，只是在下葬那天见过我一次。于是法官就问他我那天的表现，他回答说：

“你们明白，我太难过了。所以，我什么也没看见。我想是痛苦使我什么也看不见。因为对我来说，我朋友的辞世让我悲痛欲绝了，事实上在葬礼上我都晕倒了。我没法看见这位年轻先生做了什么。”

公诉人问他，是不是看见过我哭。贝莱兹很坚决地说没看见。于是公诉人马上加上一句：“陪审团应该会重视这一点的。”

我的律师生气了。他用一种我觉得有些过火的口吻问贝莱兹：

“哦，你最好仔细想想！你能发誓没看到他哭吗？”

“没看见。”贝莱兹很坚决。

一阵哄堂大笑。

我的律师卷起一只袖子，以一种不容争辩的口吻说道：“请看，这就是这场官司的形象。你们根本没有去找出真相，一切是真的，又没有什么是真的！”

公诉人根本不理会我的律师说的，他用铅笔戳着材料袋，看上去很冷静。

在审讯暂停的五分钟里，我的律师对我说一切都进行得再好不过。然后，传讯了塞莱斯特，他是由被告方传来的。所谓被告，当然就是我了。

塞莱斯特不时地朝我这边望望，手里摆弄着一顶巴拿马草帽。他穿着自己最好的外套，那是他有几个星期天跟我一起去看赛马时穿的。但我认为他没能竖起外套的领子，因为他领口上只扣着一枚铜纽扣。他们问他我是不是他的顾客，他说："是，但也是一个朋友。"问到他对我的看法，他说我是个男子汉。问他这是什么意思，他说谁都知道那是什么意思。问他是否注意到我是个孤僻的人，他只承认我不说废话，这点跟很多人不一样。

公诉人问他我是不是按时付钱，他笑了："这是我们两个人之间的私事。"法官又问他对我的罪行有什么看法。这时，他把手放在栏杆上，看得出来他是有所准备的。

他说："依我看，这是件不幸的事。谁都知道不幸是什么。这使你没法抗拒。因此，依我看，这是件不幸的事。"

他还要继续说，但法官打断了他，说："这很好，谢谢你。"

塞莱斯特有点儿愣。他说他还有话。他们让他说得简短些。

他重复说道："这不过是事故，是件很不幸的事。"

"当然，是这样，"法官说，"我们的职责就是为了判断这一类的不幸。谢谢您。您可以坐下了。"

他就朝我转过身来。我觉得他的眼眶潮湿了，嘴唇哆嗦着。他好像是问我他还能做些什么。我呢，我什么也没说，我没有任何表示，但是，我有生以来第一次想亲吻一个男人。

法官又一次请他离开辩护席。塞莱斯特这才回到旁听席上去。在剩下的时间里，他一直待在那里，身子稍稍前倾，两肘支在膝头上，手里拿着草帽，听着大家说话。

玛丽进来了。她戴着帽子，还是那么美。但我更喜欢她披散着头发。从我坐的地方，可以看到她乳房的曲线，我总是喜欢她下唇有点上翘的样子。她看起来有点紧张。

法官首先问她认识我多久了。她说是从她在我们公司做事时起。法官想知道她和我是什么关系。她说她是我的女朋友。在回答另一个问题时，她说她的确要和我结婚。公诉人翻了翻面前的一卷材料，突然问她我们是什么时候开始“发生关系”了的。她说了个日子。公诉人以一种漠不关心的神态指出，那似乎是我妈妈下葬后的第二天。接着他稍作停顿，等着听众回味一下，然后就用讥讽的语气说，自然这是一个“敏感话题”，说他理解玛丽的顾虑，但是——说到这，他的口气严肃起来——他的职责使他不能回避这个话题。

接着，他要求玛丽讲一讲我碰见她的那一天的情况。玛丽不愿意说，但在公诉人的坚持下，她讲了我们在游泳池相遇，一起看电影，然后回到我那里去。公诉人说，根据玛丽在预审中所提供的情况，他查阅了那一天的电影片目。他要玛丽自己说那一天放的是什么电影。她的声音都变了，说那是一部费南戴尔的片子。她说完，大厅里鸦雀无声，连一根针掉到地上也能听见。

公诉人站起来，神情非常庄重，伸出手指着我，用一种我认为的确是很激动的声音，一个字一个字地慢慢说道：

“陪审员先生们，这个人在他母亲下葬后的第二天就去游泳，就开始搞不正当的关系，就去看滑稽影片并开怀大笑，至于别的，我就不用多说了。”

他坐下了，大厅里还是一片寂静。忽然，玛丽大哭起来，说情况不是这样，还有别的，刚才的话不是她心里想的，是逼她说的，她很了解我，我没做过任何坏事。但是执达吏在法官示意下把她带了出去。

审讯继续。

紧接着是马松说话，人们都不怎么听他说。他说我是个正经人，“还有，他是个品格高尚的年轻人。”至于萨拉玛诺，就更没有人听了。他说我对他的狗很好。当问到关于我母亲和我的时候，他说我跟妈妈无话可说，所以我才把妈妈送进养老院。他说：“应该理解呀，应该理解呀。”可似乎没有一个人能理解。法官让他坐下。

轮到雷蒙德了，他是最后一个证人。雷蒙德朝我挥挥手，说我是无罪的。但主审法官斥责他说：“要你来这里是提供证词，不是作判断，你先等人提问，然后才可以回答。”

法官首先是问了他跟被害人的关系，雷蒙德趁此机会说被害人是跟他有仇恨，因为是他打了死者的姐姐。但法官反问他被害人是否就没有理由恨我。雷蒙德说那天我到海滩上去完全是偶然。

“可为什么，”公诉人问他，“那封导致悲剧发生的信，正是出自被告之手？”

雷蒙德说这也是偶然。

公诉人反驳说偶然在这宗案子里对人的良心所产生的坏作用已经不少了，难道仅仅是“偶然”和“巧合”就能决定这一切吗？他想知道，当雷蒙德羞辱他的情妇时，我没有干涉，这是不是偶然？到警察局去作伪证是不是偶然？我在作证时说了雷蒙德一大堆好话是不是也是偶然？最后，他问雷蒙德靠什么生活，雷蒙德说是“仓库管理员”。

公诉人对着陪审员们说，众所周知，证人干的是靠女人挣钱的行当。他说我是雷蒙德的同谋和朋友，说这实际上是一个最下流的无耻事件，由于加进了一个道德上的魔鬼而变得更加严重。

雷蒙德要申辩，我的律师也提出抗议。但法官要让公诉人说完。

“我的话不多了。他是您朋友吗？”他问雷蒙德。

“是，他是我的朋友。”雷蒙德说。

公诉人又向我提出同一个问题，我看了看雷蒙德，他也正看着我。我说：“是。”

公诉人于是转向陪审团。

“还是这个人，在母亲死后的第二天就干最荒淫无耻的勾当，为了一桩妓女与皮条客之间的纠纷，残酷地杀死一个人。陪审员先生们，你们看见了，这个人就是你们面前的被告。”

还没等他坐下，我的律师已经按捺不住，他举起胳膊，律师袍的袖子滑了下去，露出了里面浆得雪白的衬衫。

“我想知道，他被控埋了母亲还是被控杀了人？”

法庭上传出窃笑声。但公诉人又站了起来，整理了一下身上的袍子，说他感到惊讶，有人竟然看不到两件事之间这样明显的关联。他认为两件事之间的心理学上的联系太明显了。“简而言之，”他显得很激动，“我控告被告，因为在他母亲的葬礼上，他的行为表明，他已具备了杀人的心理准备。”

这句话似乎在听众里产生了很大的效果。我的律师只能耸耸肩，擦擦额上的汗水。但他显然是慌乱起来，我开始感觉到事情不妙。

审讯结束。走出法院登上囚车的瞬间，我又感受到了夏日傍晚的味道和色彩。坐在这行驶的昏暗囚车内，在这一天中我最爱的时刻，我疲倦的内心深处回响着我深爱的城市的各种声音：懒洋洋的空气中飘荡着报童的吆喝声；从远处公园里传来鸟的鸣叫声；三明治小贩的叫卖声被电车急转弯时发出的刺耳摩擦声掩盖；夜幕降临，港口上方隐隐约约的嘈杂声——所有这些声音都是在送我回到狱中去，就像一位旅途中的盲人，把迈出的每一步都清晰记在心里。

这就是傍晚时分——我都忘了那是多久前的事情了！那时的生活总

是能使我满意。傍晚等待我的是一夜的安稳和无梦的酣睡。而现在，一样的傍晚，世界却改变了。回到牢房后，整夜我的心中都缠绕着对明天的不祥预感。于是我明白了，这夏日黄昏中熟悉的路，既通往安然的睡梦，也通往紧闭的牢房。

第四章

但在我看来，这是要彻底把我从案件中排斥出去，然后让律师代替我。那样一来，我就不复存在了。

在公诉人和我的律师进行辩论的时候，我可以说，大家谈论的更多是我，而不是我的罪行。即便是坐在被告席上，听大家谈论自己也总是很有意思的。

不过，这些辩护词果真有那么大的区别吗？律师举起胳膊，说我有罪，但有可以宽恕的地方。公诉人伸出双手，宣告我的罪行，并且没有可以宽恕的地方。

但审判到了这个时候，有件事让我有些恼火。尽管我心里不安，但有时我对他们的争论很感兴趣，就忍不住想要参与进去。但这时我的律师制止我说："别说话，这对你更有利。"可以这么说，他们好像在处理案子时完全当我不存在，看上去这更像是他们之间的一场阴谋。我的事我却没有发言权，而是由他们来决定我的命运。

好几次我都想打断他们，告诉他们："该死的，我才是这个法庭上的被告。对一个被控告谋杀的人来说，这是一个很严肃的问题。我有一些很重要的话要告诉你们。"

但仔细想想，我也的确没什么可说的。我得承认，不一会我就对他们谈论我失去了兴趣。尤其是那个公诉人的发言，他还没说到一半，我就开始不耐烦了。唯一让我感点兴趣的是他的一些手势和某些只言片语，还有他情绪激烈的长篇大论——但这些都是无关紧要的。

如果我没有理解错的话，他想要说明的是我杀人是有预谋的。正如他说："先生们，我将提出双重的证据。首先是光天化日之下的犯罪事实，然后是这个罪恶灵魂的心理向我提供的阴暗的启示。"他概述了我妈妈死后我的一系列行为。比如我的冷漠，连妈妈的岁数都不知道；第二天跟就一个女人去游泳、看电影，还是费南戴尔的片子；最后还跟玛丽一起回我的住处。最开始我不是很明白他的话，他一直在说"被告的情妇"，但对我那就是"玛丽"。接着他又谈到了雷蒙德。我发现他观察事物的方式倒不乏清晰正确。他说的话听起来还是有些说服力。我和雷蒙德合谋写信把他的情妇引诱到他家里，然后让这个"道德可疑"的人去羞辱她；我在海滩上向雷蒙德的仇人进行挑衅，导致雷蒙德受伤；我向雷蒙德要来了手枪；我为了使用武器又一个人回去；我预谋打死阿拉伯人；开了第一枪后，"为了保证事情干得彻底"，我又沉着、稳妥、无情地开了四枪。

"事情就是这样的，先生们，"公诉人说，"我把这一系列事情的线索给你们勾勒了出来，说明这个人杀人的时候神志是完全清醒的。我强调这一点，是因为这不是一宗普通的杀人案，不是一个人的一时冲动，因此没有任何可以减轻刑责的理由。陪审员先生们，你们要注意到被告是受过很好教育的人。你们可以回忆一下他回答我的提问时的表现，他很聪明，完全知道如何说话，用词也很准确。我在此需要重申的是，在犯罪过程中，他完全知道自己是在干什么。"

我听着，我注意到他强调我"很聪明"这点。对此我有些不解，对一般人来说，这是优点，为什么在我这里却成了罪证。我这样想着，漏掉了后面的辩论，直到他开始愤怒地喊叫："他为他可怕的罪行说过一句悔恨的话了吗？没有，一句也没有。先生们，在整个审判过程里，这个人都没有表现出丝毫的悔恨。"

他朝我转过身来，用手指头指着我，继续对我横加责难，但事实上，我并不知道为什么他要反复强调这一点。当然，我也不能不承认他说得有道理，对我的行动我的确没感到一点后悔。但他这样激烈使我吃惊。我真想亲切地、甚至友好地向他解释一下，我这辈子还从没对任何事有过真正的后悔。我总是会被马上就要发生的事情深深吸引，根本没时间去回头看看。当然，目前我的处境使得我不可能用这样的口吻对任何人说什么。我已经没有对人们表示友好的权利，甚至表达善意都不行。于是我试着往下听，因为这时候公诉人开始讨论我的“灵魂”了。

他说，他曾仔细探索过我的灵魂，结果一无所获。他说：“陪审员先生们，这个人的灵魂是一片空白。”他说我实际上根本就没有灵魂，对于人性，对于人们心中的道德原则，我都一窍不通。他补充道：“当然，我们也不能责怪他。一个人不能得到某种东西，我们就不能责怪他不拥有这种东西。但在法庭上，宽容应该让位于更严肃、高尚的原则，那就是正义。尤其是当你面对的这个人完全没有良知，已经对社会构成威胁时。”紧接着他再一次提到我对母亲的行为，把先前说过的再度重复一次。不过他用了太长的篇幅来描述我的罪行——这导致我失去了头绪，感到法庭里越来越热。

最后，他停下了，沉默了一会儿，又用低沉、颤抖的声音说：“先生们，这个法庭明天将要审判一宗滔天罪行，一个儿子杀死了自己的亲生父亲。”在他看来，这种残忍的谋杀使人无法想象。他斗胆希望法官不要心软，一定要严惩罪犯。但他说比起即将审判的那宗谋杀亲生父亲案，我的冷漠更让他憎恶。

“这个人对他母亲的死负有道义上的责任，跟那个杀死亲生父亲的罪犯一样，他们所犯下的罪行都是对人类社会的背叛。实际上一种罪行往往会导致另一种罪行的发生。在这两个罪犯中，前者——也就是现在在被告席上的这个人——就是后者的开始，我可以确信这一点，先生们。”说到这，他提高了声音，“眼前的这个人所犯下的罪行，跟明天即将审判的那个人所犯的罪行，本质上没有什么不同。我这样说丝毫也不夸张。因此，我请求法庭给予他相应的惩罚。”

公诉人稍作停歇，擦擦额头上的汗水。接着他说他的职责让他非常痛苦，但他仍然要无所畏惧这样做。“再说一次，这个人不容于社会，他公然藐视社会的基本法则，并且毫无愧意。他太冷酷，没有丝毫同情心。我毫不犹豫请求法庭判处他极刑。在我漫长的职业生涯中，因为职业我有义务请求判处罪犯极刑，这种义务总是令我痛苦。但这一次，我丝毫也不觉得有什么痛苦的，我从没有这样坦然过。我请求法庭不要从轻处理这桩杀人案。我的请求在受到我的良心与神圣职责的驱使的同时，也是出自我对罪犯残忍的本性的憎恶。”

公诉人坐下了，在相当长的一段时间里，大厅里一片寂静。法庭内的酷热，还有这位公诉人的这番话让我吃惊，我开始不知所措。主审法官咳嗽了几声，用很低的声音问我还有什么话要说。我站了起来。我的确很想说话。我脱口而出我脑子里闪过的第一个念头：我说我根本没想要打死那个阿拉伯人。法官说法庭会考虑到这点，但同时他还说，希望在我的律师为我辩护前，我能说说自己的作案动机。他毫不掩饰自己不是很清楚我为自己辩护的理由。

我说得很快，有点儿语无伦次，我意识到了我很可笑，我说是因为太阳导致我犯罪。大厅里有人笑了起来。

我的律师耸了耸肩。紧接着就轮到他做辩护了。可他说时间太早，需要休庭，说等到第二天下午再说。而主审法官也同意了。

第二天，我被重新押回法庭。法庭内巨大的电扇依旧搅动着大厅里浑浊的空气，陪审员们依旧是手里拿着五颜六色的小扇子朝一个方向摇动。我觉得我的律师的辩护词对我来说过于冗长。有一阵，我注意听了听，因为他说：“的确，我是杀了人。”接着，他继续使用这种口吻，每次谈到我时他也总是以“我”相称。这让我感到好奇。我俯身去问右边那个法警，问他这是怎么回事。他叫我住嘴，过了一会儿，他对我耳语说："所有律师都这样。"但在我看来，这是要彻底把我从案件中排斥出去，然后让律师代替我，那样一来，我就不复存在了。但这也没什么。我已经感觉到自己远远离开了这个法庭，离开了这些琐碎乏味的"诉讼程序"。

无论怎样，我都觉得我的律师非常愚蠢，简直愚蠢到可笑的地步。他就那样急急忙忙为我辩护了几句，接着就开始大谈特谈我的灵魂。我觉得他比起公诉人来，完全不在一个智力水准上。

"我仔细探索了这个人的灵魂，"他说，"但是与这位杰出的公诉人所看到的不同，我发现了一些别的东西。而且我还可以说，我清楚地读出了这个年轻人的心思。"他看到我是个正经人，一个正派的职员，不知疲倦，忠于雇主，受到大家的爱戴，同情他人的痛苦。在他看来，若论儿子，我是典范，我在力之所及范围内尽力供养母亲，最后，为了让她享受到我力所不及提供的舒适，我才决定把母亲送到养老院。"先生们，"他说，"我感到奇怪的是，大家对养老院议论纷纷。因为说到底，如果需要证明这类机构的好处，我们只需要记住一点，那就是这类机构是由政府设立并资助的。"我注意到了他没有提到葬礼，在我看来这是一个疏忽。但随着这些人对我的"灵魂"喋喋不休、没完没了的讨论，我越来越觉得自己的脑子变得糊涂了。看上去一切都变成了一片灰色的迷雾。

最后，我能记得的只有一件很小的事，正当我的律师滔滔不绝为我辩护时，我听到了从街上传来的一个卖冰淇淋的小贩吹响了他的锡制的喇叭，这个声音很微弱，但却很刺耳，它穿过了法庭内律师的辩护声和沉闷的空气，进入我的耳中。我的脑海里浮现出了种种美好的回忆——那是一种我已经不可能再拥有的生活，曾给我带来简单、质感的快乐。那夏日里的温暖，我最喜欢的街道和迷人的夜空，还有玛丽的裙子和微笑。这些现在都已经失去意义，我感到自己被扼住了喉咙，想吐。我现在内心只有一个念头：赶紧回到牢房里去，我要睡觉……睡觉。

所以，我的律师的最后陈述我只是隐约听到了一些。

“陪审员先生们，你们一定不会把一个因一时过失导致了一场悲剧的正直、勤奋的年轻人送去执行死刑。他的一生注定了会在悔恨中度过。这样的惩罚难道还不够吗？我满怀信心等待着你们公正的判决，也是唯一合情合理的判决——就是对这起杀人案的从轻处罚。”

法庭辩论结束了，我的律师精疲力竭地坐下。他的同事们都过来同他握手。我听见他们说：“棒极了，亲爱的。”其中一个甚至拉我来作证，问我：“嗯，您说怎么样？”。我随口答应了他，但我实在太累了，无法判断律师的表现究竟怎样，是不是他们说的“不错”。

天黑了下来，也不那么热了。从街上传来一些声音显得有些暧昧，我想凉爽的夜已经降临。我们都坐在那等，可实际上这事只跟我一个人有关。我环顾法庭，它跟白天一模一样。我再度跟那个年轻记者的目光，还有那位机器女人的目光相遇。这时候我想起来了我在整个审判过程中，都没有看玛丽一眼。不是我忘记了她，而是我走神走得太厉害了。而现在我想起她来了，她就坐在塞莱斯特和雷蒙德中间。看见我在看她，她对我挥挥手，像是在说：“总算结束了！”她面带微笑，但我能看出她其实很焦虑。不过我的内心已经麻木，我甚至都忘了应该回给她一个微笑。

法官们重新回到法庭。然后是有人开始向陪审团宣读一连串的要求。我听见了一些。“蓄意谋杀……挑衅……可减轻罪行的情节。”陪审员们出去了，我被带进我原来在里面等候的那间小屋子里。我的律师也来了。他亲切、热情、口若悬河，显得从来也没有过的信心十足。他认为一切顺利，我只要坐几年牢或服几年苦役就完事。我问他如果判决不利，有没有上诉到最高法院的机会。他说没有。他的策略是不提出当事人的意见，免得引起陪审团的不满。他对我解释说，除非是出现了技术层面的问题，是不可能随便撤销判决的。我同意了他的看法，不然的话诉讼会没完没了。我的律师说：“无论如何，上诉是可以的。不过，我确信判决会对你有利。”

我们等了很久，我想大概足足有三刻钟。铃声响了。我的律师起身离开前对我说道：“陪审团主席将要宣读答复了。宣读完后会叫你进去听判决结果。”

我听见了敲门声，听到了有人匆匆从楼梯上跑下来，但我不知道他们离我是远还是近。接着，我听到法庭内传出一个懒洋洋的声音在宣读着什么。

等铃声再响起时，我被带回到了被告席。法庭这时被一种寂静笼罩住了，这样的寂静给了我一种奇怪的感觉。就在这时，我注意到了那个年轻的记者第一次在试图避开我的目光。我没有朝玛丽那边看。严格说我来不及看她，主审法官就已经开始宣读他的长篇大论，大意是“以法兰西人民的名义”宣判，要将我公开斩首示众。

也就是在那一刻，我明白了在场的人们的表情，那近似于一种敬而远之的同情。法警现在对我很温和。律师把他的手放在了我的手腕上。我彻底停止了思考。庭审法官问我还有什么要说的没有，我想了想回答道：“没有。”于是，我被法警带了出去。

第五章

我甚至能听清自己呼吸的声音，它很快、很粗，像一条狗喘气那样——即使是这样的惴惴不安也会有尽头。我的心脏并没有破裂，我知道自己还能活 24 小时。

我已经三次拒绝见监狱神父。我不觉得自己有什么需要跟他谈的，我就是不想说话。而且，我会很快就见到他。我现在只对执行我死刑的那架机器会不会突然失灵感兴趣，还有就是会不会出现什么漏洞，使得不可抗拒的命运出现转机。

我换了牢房。在这个牢房里，我一躺下就能看见天空，也只能看见天空。我整天整天躺在地上看天空颜色的变化。我把手压在脑后，就那样躺着，看着，等着。

那台机器可能发生故障的想法让我欲罢不能，我不住地想，要是行刑时机器突然出现问题了，是不是死囚有在最后关头逃脱，越过了警戒线，在断头铡刀落下的瞬间逃掉的可能。为此，我责怪自己以前没有去注意那些对当众执行死刑的描述。人应该经常关心这类事。谁也不可能知道自己以后会遇到什么。跟大家一样，我只是在报纸上读到过对执行死刑的描述。专门讲述这类事情的书籍一定存在，只是我没注意过。很可能在这类书中，我能找到逃跑的故事。这类故事一定能告诉我，至少有过一次，绞架的轮子坏了；只有一次，在不可更改的必然事件中，只出现了一次偶然或者运气，导致我的人生的改变。是的，只要一次！某种程度我认为这样的意外只要发生一次，我就满足了。其他的我的情绪就可以解决。报纸上经常在谈论“亏欠社会的债”这个问题——在他们看来，罪犯必须要偿还所欠下的债务，但在想象中，我可管不了这些。对我来说，唯一重要的就是逃跑的可能性，冲出他们为我设置的死刑的包围圈，逃向自由，逃向希望，我必须要抓住这最后一根救命稻草。我也想过，这所谓的“希望”不过是我在街上被拦截，然后背部中弹倒下。但经过全面周详的考虑，我发现我连这种待遇也不可能享受到。我为此再度陷入绝望，难以自拔。

无论我做出怎样的努力，都无法接受这样一个残酷的事实。说真的，认真想想，法庭的判决其实存在着很大的随意性，这种随意的判决一旦生效，带来的后果居然是如此难以更改，这实在是不公平。比如说判决是在晚上八点而不是在下午五点宣读；判决完全有可能完全不同；陪审团成员中还要换衣服；而且判决是以“法兰西人民的名义”，而这是一个含混的概念，为什么不是以“中国人民的名义”，或者是以“德国人民的名义”？结合这些因素，法庭的判决看起来也没有任何权威性。但，我不得不承认，判决下达的那一刻起，它起到的作用就像是我现在背靠着的墙一样坚实可信，毋庸置疑。

这时，我想起了妈妈讲的关于我父亲的一段往事。我没见过我父亲。关于这个人，我所知道的全部确切的事，可能就是妈妈告诉我的那些。有一天，他去看一个杀人犯的死刑处决。一想到去看杀人，他就开始不舒服。但他还是去了，回来后呕吐得很厉害。我听后觉得我父亲的行为令人厌恶。可现在我明白了，那是自然的反应。我当时居然没意识到，执行死刑是件最重要的事，从某个角度来看，它甚至是让人感兴趣的唯一一件事。如果一旦我能从这座监狱里出去，我一定去观看所有的死刑执行。我不否认，这种念头非常愚蠢，根本不具备可能性。要真有那么一天，我自由了，站在两排警察的身后——也就是站在对的一边——只是作为一个看客，看完后可以回家呕吐，一想到这些，就有一种恶毒的喜悦涌上心头。这样的不由自主的想象真是愚蠢，因为不一会我就又会开始恐惧，这样的恐惧让我浑身发抖，不得不用毯子把自己严严实实裹起来。我的牙齿在咯咯作响，无论如何也没法制止。

当然，谁也不能总保持理智。我还有一个更可笑的想法，那就是制定新的法律，修改死刑制度。我想我们需要给罪犯一个机会，哪怕最渺茫的机会也行，比如只有千分之一的可能性吧。可以发明一种药物，或者是混合药物，病人（我当犯人是“病人”了）吃下后存在千分之九百九十九死掉的可能性。让犯人事先知道这一点很关键。因为我经过反复考虑，冷静权衡，得出结论是断头台的缺点就是没给任何机会，绝对地没有。受刑者的死是确定无疑的，这是预料中的结果。要是断头台的铡刀侥幸没有能砍掉犯人的头，那就再来一遍。因此一般情况下，死刑犯都希望机器不要出现故障，尽管这并非他的初衷。我觉得这就是行刑机制不完善的一面，但我也不得不承认，这正好证明了这种机制的有效性。其结果就是，受刑的人必须做好心理准备，他为此关心的就是一切顺利。

另外，我还意识到，直至此时为止，我对行刑这个问题在概念上都存在着一些不正确认知。也不知道为什么，我总是以为死囚需要爬上台阶才能抵达断头台，然后才能被处决。很可能是由于 1789 年大革命的缘故，我说的是我在学校学到过，教科书上还配有图片。直到某天早上，当我回想起报纸上的一张照片，照片中是正在处决一个轰动一时的罪犯，我这才想起，照片中行刑的机器就放在地面，看上去很普通，跟想象中的比要狭窄很多。我就奇怪了，怎么会刚想起这张照片。照片里的行刑机器让我吃惊的是它精致的外形，表面被抛光过了，闪闪发亮。这让我联想起某种实验室里的精密仪器。对于不熟悉的事物，人们习惯于夸大。但想起这张照片里的行刑机，我终于不得不承认，被砍头其实是很简单的一件事。说起来这的确有些让人失望，而我紧跟着也有了无法消除的绝望。如果是需要爬上去，双脚离开大地，那还有一些想象的余地。问题是行刑的器具决定了一切，它们一丝不苟地按部就班处死你，让你遭到羞辱，而且效率极高。

另外，还有两件事让我耿耿于怀：一件是黎明的到来，一件是我的上诉。我总给自己讲道理，试图不再去想它。我躺着，望着天空，逼迫自己去琢磨它。天空开始变成绿色，我知道这是因为夜幕降临了。我还去仔细听自己的心跳，想要以此转移注意力。我不能想象这种跟了我这么久的声音会有朝一日消失。想象从来就不是我的强项，可我这时却没办法不去设想心跳停止的那一时刻。但毫无用处。黎明还是会到来，我的上诉也还是会让我烦恼。最后，我不再那样做，我认为强迫自己以自己不习惯的方式思考，这是非常愚蠢的。

我知道，他们总是在黎明时分来提死囚犯。因此，我现在度过的每一个夜晚都是为了等待那个黎明。我不是一个喜欢措手不及的人，什么事我都会预先做好准备。这样一来，我就只能在白天稍微睡会，而整个夜晚都是那样望着上方黑暗的天空，等着破晓时的第一缕曙光。最难熬的是黎明即将到来的时刻，因为他们通常都会在这个时刻来。过了半夜我就在等，我聚精会神去倾听，我的耳朵从没有像现在这样过，我能听清太多细微的声音。我想我还算是幸运的，因为这段时间我从没听到过脚步声。妈妈说过，一个人无论怎样不幸，总会有值得感激的东西。所以，每当清晨天空开始亮了起来，阳光重新照入牢房里时，我就觉得她的话很有道理。因为我本来会听到脚步声，听到我心脏破碎的声音。就算是听到细微的窸窸窣窣，我也会立刻冲到门边，把耳朵紧贴在冰冷、粗糙的木门上，全神贯注去聆听。我甚至能听清自己呼吸的声音，它很快、很粗，像一条狗喘气那样——即使是这样的惴惴不安也会有尽头，我的心脏并没有破裂，我知道自己还能活 24 小时。

白天，我想我上诉的事。我把这个问题反复想得很充分，仔细研究了各种结果，从中获得尽可能多的宽慰。我总是首先考虑最坏的结果，也就是上诉被驳回。自然了，这就意味着我必须要死。那么，一个明显的事实是，我比正常人死得更早。“但是，”我告诉自己，“都知道活着也没有什么意义。”另外，我认为从长远来看，一个人活三十岁跟活七十岁本质上没有什么区别——因为一个人无论什么岁数死，其他人还是会继续活着，世界也还是一样的世界。而且，不管是现在死还是四十年后死，也都一样是死，都是没法避免的。只是这样的想法并没有给我多少安慰，还是一样，一想到本来可以多活那么多年，而现在不可能了，我就难受！不过，我也可以说服自己不这样想，我去设想假如我能把多出的这些年都活下来，然后在死神来临时的感受。既然都难免一死，那么怎样死也就不再显得重要。因此——这个“因此”是我费了很大力气才得出来的——我应该做的是对上诉被驳回有思想准备。

到这个时候，也只有到了这个时候，我才能允许自己去思考另一种可能，那就是上诉成功。想到这种可能，我无法控制自己身体里涌出的兴奋，它甚至让我热泪盈眶。这时候我就要抑制自己的情绪，努力让自己保持平静，不能让自己陷入这种情绪中，从而在出现前一种情况时更加难以接受。这样，平静下来后，我能得到一段安宁，这非常不容易。

正是在这种情形下，我再次拒绝见神父。我就那样躺着，看着天空里出现的一道柔和的金光，它告诉我夏日的傍晚来临了。我不再去想上诉的事，感到身体内血液流淌得十分平稳、缓慢。我不想见神父，不想……我想起了玛丽，我已经很长时间没想到她了，她有很长一段时间没给我写信，我觉得她可能已经厌倦了做一个死囚的女友。要不就是她生病了，甚至死了。谁说得准呢？这些都是有可能发生的。除了早已经分开的肉体，我俩再也不存在瓜葛，没有什么能让彼此想起对方。至于她要是死了，那她怎样想也就毫无意义了，我自然也不会去在意一个死了的女人。这很正常，就跟我死了，人们会很快忘记我一样。这不能说是无情，因为事实就是这样，时间总是能弥合一切。

恰巧这时神父进来了。看见他，我吓一跳。他显然看出来了，因为他告诉我不要害怕。我对他说，平时他都是在另外一个时候来，而且他一来就准没好事。他说这一次完全是友好的拜访，与我的上诉毫无关系，而且他对上诉的事一点都不了解。他在我的床上坐下，让我坐到他身边去。但我拒绝了——不是因为我反感他，我一点都不反感，他看上去很和善可亲。

最开始他坐在那一动不动，胳膊放在膝头，低头看着自己的手。他的手细长有力，让我想到两头灵巧的小动物。接下去，他开始慢慢地揉搓那双手。他就这样坐着，一直低着头，保持了很长一段时间，直到我都差不多忘了他的存在。

他突然抬起头来，看着我。

“为什么，”他问我，“您为什么拒绝见我？”

我说我不信上帝。

“您真这样确定吗？”

我说我可不想为这事费脑子，在我看来，信与不信并不重要。

他把身子朝后靠在墙上，两手平放在腿上。他好像不是对我在说，他说他注意到了，有时候一个人自以为很确定的事，实际上并不确定。对此我没有表示，于是他看看我问：“您以为呢？”

我说这完全有可能。但，我不敢确定什么是我感兴趣的，却对不感兴趣的非常确定。他说的这些我一点兴趣也没有。

这次他没有看我，也没动，他问我是不是感到了绝望，我说我没有绝望，而是感到害怕——很自然的感受。

“这样，”他相当有把握地说，“上帝一定会帮助你。我遇到过的所有跟你处境相同的人，都是在身处绝境时向上帝寻求帮助的。”

对此我回答他说：“如果他们愿意，他们当然有权这样做。但我不想要别人的帮助，我对此没有兴趣，也没时间去培养出这种兴趣。”

他生气了，气得双手都开始发抖。他坐直身子，抚平教士袍上的皱褶。他又开始说话起来，他称呼我为“我的朋友”。他说，他这样对我说话，并非是因为我是一个死囚。他认为这世上每个人都是被判处了死刑的。

我马上打断他，对他说事情不是这样，而且，他这样说一点都安慰不了我。

他点点头说：“可能吧。但你现在不死，以后总还是会死。到那时还是会有一样的问题。你会怎样面对这样可怕、绝望的最后时刻呢？”

我回答他说，我会跟现在一样面对。

他站了起来，两眼直盯着我。对他这套我已经很熟悉了。以前我就常和艾玛努埃尔和塞莱斯特这样闹着玩，一般地说，他们最后都会因为不自在而移开目光。我看出来了这位神父是老手，他的目光始终不移开。他的声音也变得坚定了，他对我说：“你真的不抱任何希望了吗？真的以为死了就什么也不存在了？”

“是的。”我说。

他垂下眼，再次坐下。他告诉我他很同情我，说这样的人生着实让人难以承受。

我突然讨厌起他来，我把肩靠在墙上，站在头顶的小天窗下，扭头去看别的地方。那之后我没怎么听他说，但我想他一定是在质问我。过不了多久，他的声音里就有了焦虑，变得急促。这时候，我意识到了他一定很痛苦，于是我开始留意他在说什么。

他说他确信我的上诉会被接受，但是我的罪孽足够深重，是一个必须要摆脱的重负。他认为人间的正义不算什么，只有上帝的正义才是真正的正义。我对他说恰恰是这人间的正义判处了我死刑。他回答说的确是的，但我并没有因此就赎清了罪孽。而我告诉他我一点都不知道他说的“罪孽”是什么，我唯一知道的是我是一个罪犯，我被判处了死刑，谁也没法再对我要求什么了。

这时，他又站了起来。我很惊讶，在这间如此狭窄的囚室里，他要想活动活动，也只能如此坐下去，站起来，实在没有别的办法。我盯着地板，他则朝我走进一步，然后又停下，看上去他似乎不太想靠近我。然后他就抬头去透过天窗的栅栏看天空。

“你完全错了，孩子，”他这样说的时候表情很严肃，“我们可以要求你更多的东西，或者我们可以提出这样的要求。”

“什么要求？”

“你可能会被要求去看……”

“看什么？”

神父环顾了一下牢房，声音突然变得哀伤起来，让我大吃一惊。

“我深知这些石墙承载了人类无尽的苦难。每次看到它们，我的心头就会颤抖。但是——请你相信我，我这是发自内心的——我知道，甚至你们中最悲惨的人，也能从这些灰白的石墙上看到一张神圣的面容。这就是你被要求看到的那张脸。”

他的这番话让我有些激动起来。我说这些石墙我已经看了几个月，没有谁，也没有任何东西比我还熟悉它们。也许很久前我曾试图在墙上找到一张脸。但那是一张和太阳一样金黄色的脸，充满欲望——那是玛丽的脸。可很不幸，我没能找到，而现在我早已放弃了这样的寻找。事实上，我就从没在这些灰白的石墙上“找到”过任何东西。

神父的神情更加悲伤了。我靠在墙上，阳光在我的额头闪耀。他不知咕噜了句什么，我没听清，但他突然问我，是否能亲吻我一下。我说：“不行。”他就转身朝着墙走过去，慢慢把手放在了墙上。

“你真的爱尘世间的一切吗？”他低声在问。

我没回答。

那之后很久他都没再看我。他就那样待在我的牢房里，让我越来越烦躁，我想告诉他要他离开，我想要安静一会。也就是在这时，他突然转身激动地对我喊道：

“不！不！我不信你说的，我确信你渴望能有来世。”

我告诉他我当然想过。每个人都会这样想。但那并不会比成为有钱人的愿望，比游泳能游得快点的愿望，或者是长一个好看的嘴巴的愿望更重要。它们全都是一码事。就在我想要继续说下去时，他打断了我，他问我是怎样看死后的生活？

我冲他大声喊道：“一种我可以记得尘世生活的生活，这就是我想要的。”接着我说我受够了他了，不想他继续留在我这里。

但很显然他并没有放弃，他还想跟我讨论有关上帝的问题。我走近他，最后一次告诉他，我的时间不多了，我不想把这有限的时间浪费在他的上帝身上。

他试图改变话题，问我为什么称他为“先生”而不是“我的父亲”，因为他是一名神父。这可把我惹火了，我对他说他不是我的父亲，让他当别人的父亲去好了。

“不，我的孩子，”他把一只手放在我的肩膀上，“我是‘你的’父亲，只是你还不明白，因为你的心麻木了，但我会为你祈祷的。”

这时候，也不知为什么，我的身体里像是有什么东西爆炸了一样，我拼命冲他大喊大叫起来。我开始咒骂他，要他闭上嘴，不要再继续讲废话了，也不要为我祈祷，最好是快点从我身边滚蛋。我一把攥住他的长袍的衣领，把内心积压很久了的想法一股脑朝他倾泻了出来，带着狂喜，带着愤怒。看看，他看上去那样自信，然而他确信的东西都抵不上一根女人的头发。他活着就跟行尸走肉一样，因为他对自己是否是活着都没有把握。也许我看起来的确是什么都没有，但事实上我对自己很确信，对所有一切都很确信，比起他来我要有把握得多。我对自己的当下以及即将来临的死亡确信无疑。是的，我只有这一点的确信，但我至少抓住了这一个真理，就像这个真理抓住了我一样。无论过去还是现在，我都是正确的。而且我一直都是正确的。我曾以一种方式生活过，如果愿意，我也能以别的方式生活。我这样做了，而没有那样做，我做过这样的事，而不是那样的事。这是为什么呢？我一直都在等待这样的时刻，明天，要不就是某一天的黎明，那个证明我无罪的时刻。所有这一切都无所谓。我已经深深了解这一切都是因为什么。在我过去的日子里，总有一阵微风，从未知的岁月柔和地朝我吹来。这阵微风把人们在那段消逝了的、同样也是虚幻的岁月里强加给我的想法一下子都吹散。他人的死，母亲的爱，神父眼里的上帝，一个人所选择的生活方式，对我来说毫无区别；尽管神父以为他有选择命运的权利，但事实上却逃不过被同一种命运来“选择”——我，以及无数个其他人，包括他称之为“兄弟”的那些人。这些他懂吗？他是否真的懂了？每个活着的人都是享有权利的，所有人都一样，都有一天会被判死刑。他也一样，会跟其他人一样，不会有任何区别。假如他被控谋杀，只因在母亲下葬时没有哭就被处决，这有什么区别呢？到头来结果都是一样，跟萨拉玛诺的狗和他的老婆一样的结果。那个自动机器般的小女人，马松娶的巴黎女人，或者想跟我结婚的玛丽，也都“有罪”。雷蒙德是不是跟塞莱斯特一样对我够朋友，又有什么关系？如果此刻玛丽正在和她新的男朋友接吻，又有什么关系？我已经是一个被判处了死刑的死囚，难道他就不能从我未来黑暗的风中领会到点什么吗……

我喊叫了很久，都快喘不过气来了。就在这时，监狱的看守们冲进来了，把神父从我的手里拽了出去。其中一个看守想要揍我。但被神父制止了，他看了我好一阵，什么话也没说。但我看到了他眼里的泪水。然后他转身离开了我的牢房。

他走后，我平静了下来。但这样一阵激动让我精疲力竭，我重重倒在了木板床上。我一定睡过去了很长时间，因为当我醒来时，星光从头顶的小天窗里洒满了我的脸。若有若无的声响从外面传来，我想那一定是来自遥远的乡村的。夜晚的风很凉爽，夹带着泥土还有海水的味道。这样宁静而纯美的夏夜如潮水般淹没了我。接下去就是黎明，是破晓。我听到了轮船的汽笛声，人们正在踏上旅程，去某个和我再也没有关系了的世界。几个月来，我差不多是第一次想起了妈妈。现在，我好像明白了，为什么妈妈在自己的垂暮之年还要找一个“未婚夫”，为什么她还要尝尝重新来过的滋味。

我知道那时妈妈离死已经不远了，她一定是感觉到自己就要解脱，可以开始新的生活。没有谁有权为她哭泣。现在的我也一样，感觉到自己也即将要开始新的生活。刚刚那阵巨大的愤怒似乎荡涤了我的身心，让我放弃了所有的奢望。看着夜空里点点的繁星，第一次，真的就是第一次，我对这个美好而冷漠的世界打开了自己的心扉。这个和蔼友善的世界让我觉得踏实，并因此觉得自己以前是幸福的，现在仍然幸福。为了让这一切都自然而然地达成，为了我不再感到孤独，我唯一想要的就是在我被处决的那天，能有很多人来观看，并对我报以憎恶的怒吼。

— THE END —

堕落

第一天

您请先走，请了。我住在犹太区，直到我们的希特勒兄弟开始清扫地盘为止都这样叫。那是怎样的大清洗呀！75000犹太人被关进了集中营，要不就是被屠杀了，这简直就是在制造真空。

先生，冒昧地问一下，我可以为您效劳吗？您让这个大猩猩掌管这家大企业，我怕您没法让他明白您的意思。您可能不知道，他只会讲荷兰话。除非您让我为您办这件事，否则他一定猜不出您要的刺柏子酒是什么。看看，我想他听懂我说的了：他在点头，应该是被我的论据折服了。现在他去了，脚步的速度也很合适。您运气真不错，他什么都没说，没人再坚持。任性发脾气，这是大型动物的特权。好吧，我这就告退，先生，能为您效劳是我的荣幸。非常感谢，您真好！要是您觉得不让您烦的话，那我就接受您的邀请了。我把我的杯子放在您的边上好了。

对对，您说得太对了，他的沉默能震撼人呢。这就是那种原始森林里的寂静，这种寂静能把一切都掩埋起来，当然包括嘴巴了。我们这位不喜欢多话的朋友可是不太喜欢文明的语言，真是顽固得让我吃惊。他的职业原本是在一家阿姆斯特丹的酒吧接待世界各地的海员们，也不知道怎么了，他叫它墨西哥城。您难道不担心吗？对来这家受人尊敬的酒吧的人来说，他这样无知会让人不快的。请想想那个住在巴别塔里的克罗马农人[1]吧！最起码他能感受到离乡背井的痛苦。啊，不对，这个人一点漂泊的感觉也没有，他走自己的路，没有什么能伤害到他。我从他那听到的很少几句话里就有这样一句："想要就要，不要拉倒。"那应该要什么不要什么呢？当然说的是我们这位朋友他自己。我承认，这些铁板样的生灵对我很有吸引力。不论是出于职业需要还是天性使然，人这种生灵一旦静下来好好想想，就会开始想念起灵长类。它们可从不会算计。

不过说真的，我们的主人尽管有些含糊，可是有点喜欢算计的。他总是没法听懂别人当面说的话，也就养成了多疑的性格。并因此有了现在这副疑神疑鬼的庄严气度，至少他是对人和人之间一些事儿不对劲有了猜忌。这种态度让跟他自己的职业不相干的谈话变得很困难。您瞧，比方他背后墙上，就在他头顶上那块长方形的空白处，那里原本是一幅画，被他摘掉了。那地方有一幅画本来格外引人瞩目，要知道那可是一幅杰作。你猜猜看，主人当时收到这幅画了，又把它转让给了别人，前前后后我都在场。都是因为疑心太重，就那样反复想了几个星期。就这点来看吧，不得不说这个社会多少有点败坏了他原本率真的天性了。

我这可不是在审判他。我只是觉得他的疑心是有根据的，而且，如您所见，我的性格就是那种高兴不高兴都在脸上的，我要是不反对他的话，倒是很可以同意他的疑心的。是的，我爱多嘴，唉！这真没办法，但我也很随和。我自然知道应该保持合适的距离，只是一有机会我就忍不住要说说我的看法。在法国那阵，只要遇到有才智的人，我就没法不和人家结交。啊！您在对这种虚拟式未完成过去式[2]皱眉

① 克罗马农人，最早发现于法国克罗马农山洞里的早期人类。属于晚期智人（Neoanthropus Homo sapiens sapiens），其生活年代可能是2～3万年前。其文化属晚期旧石器文化的奥瑞纳文化中期。也用"克罗马农"这名称来统称欧洲的晚期智人化石。

② 一种非常讲究的书面语语态。使用这样的语态显示使用者有很高的文化素养，但有时会给人一种迂腐的感觉。

头。我不反对我对这种语态有点着迷，这样说吧，对所有高贵的语态我都有点着迷。您得相信，我自己也不太喜欢这种嗜好。我也知道爱好精致的袜子不一定就是有一双肮脏的脚。这样说吧，风度经常会和掩盖住斑疹的府绸衬衫相似。我总是这样对自己说，不管怎样，就算是聊以自慰好了，说起话来结结巴巴的人，不一定就纯洁吧。对了，还是喝酒吧。

您在阿姆斯特丹要逗留很长时间吗？这可是一座美丽的城市，您说呢？迷人？我很久没听到过谁用这个形容词了。离开巴黎好几年了，可我对我们美丽的首都至今还记忆犹新，我没法忘记它。说到巴黎，那可是一个真正的假象，是一个宏伟壮丽的舞台，那里住着400万的人形生物。最近一次普查说实际上已经接近500万了，也不知是不是真的？当然，谁也没说他们不该生下来。这不奇怪。我一直都认为我的同胞们有两大狂热：思想和通奸。这真是有些混乱，现就这样说吧。不过呢，我们先不要就此谴责他们，又不单单只有他们这样，整个欧洲也是一样。我有时会想象将来的历史学家会怎样评价我们。对于现代人，一句话就足够了：通奸和读报。我敢断言，在下了这样一个断语后，就再没什么文章可作的了。至于荷兰人，哦，不，他们才没有那么现代。您看看他们，优哉游哉的。他们到底在干什么呢？这些先生是在靠他们的女人努力工作养活自己。这些资产阶级的家伙们，这些公的和母的，他们像平时一样来到这里，出于撒谎成性，要不就是愚昧不堪。一句话，是由于过多的想象力或者完全没有想象力。这些先生经常舞刀弄剑，但千万别以为他们觉得这样很有必要。都是角色要求这样的，仅此而已，要知道他们可都害怕得要死，根本开不出几枪。另外，我觉得他们比起其他人来更有道德，其他人是不紧不慢地挨家挨户地杀人。您难道没注意到，我们的社会不正是为了这项灭绝计划才组织起来的吗？对了，您一定听说过巴西河流里的那些小鱼，它们成千上万一起攻击那些粗心大意的游泳者，一小口一小口地，迅速清除他，不一会工夫就只剩下一具完整的骨架。您看，这就是组织。“您说您想过一种干净的生活吗？跟大家一样？”对这样的问题您自然会回答说是。怎么可能说不是呢？“同意。于是就会有人来清扫您。这是一门职业，一个家庭和一种组织的娱乐。”小小锐利的牙齿攻击着肉体，很快就见到骨头。我不公正了，不该说这是组织，这应是我们的：争先恐后地清扫他人。

好吧，刺柏酒终于来了。祝您健康！是的，大猩猩在叫我博士。在这个国家里，人人都是博士或者教授。他们很喜欢这样的尊称，是出于好意和谦逊。至少恶毒的言行不是他们这个国度的制度。不管怎样，我又不是医生[①]。您要是想知道的话，我来这里前是个律师。现在，我是法官——忏悔者。

至于……还是由您自己来判断好了。身材、肩膀、人们常说的凶狠的脸，我看上去更像是一名橄榄球员，您说是吧？不过我的谈吐应该还是不叫高雅。为我的大衣提供毛的骆驼一定是长了疥疮，但我的指甲还是修剪得干干净净的。是的，我很世故，但现在却完全不设防，只是看到您的样子我就说出了心里的话。最后，尽管我举止得体，言谈优雅，我却是滨海区海员酒吧的常客。没必要四处打听了，总之我的职业是双重的，跟人这类生物一样。我好像对您说过吧，我是一个法官——忏悔者。只有一件事在我这是简单的，那就是一无所有。的确，我曾经富有过，不对，我从来也没有跟谁分享过什么。这证明什么？证明我也曾经是一个保守的犹太人……啊！您听，听见从港口那传来的汽笛声了吗？今晚须德海好像起雾了。

要走？不好意思，我拖住您了。如果您允许的话，我来为您付账吧。在墨西哥城就等于是在我家，能在这里接待您我感到非常高兴。明天我会一如既往在这里的，肯定在，感激您的邀请。怎么走……这

① 法语里医生“docteur”跟博士是同一个词。

个……还是我陪您走到港口吧，您是不是觉得有些不便？就是从那儿，您绕过犹太区，就会看到漂亮的街道，街上会有放满鲜花，播放着震耳欲聋的音乐的电车。您的旅馆就在其中一条街上，就是当拉克街。您请先走，请了。我住在犹太区，直到我们的希特勒兄弟开始清扫地盘为止都这样叫。那是怎样的大清洗呀！75000犹太人被关进了集中营，要不就是被屠杀了，这简直就是在制造真空。这种专心致志，还有这种有条不紊的耐心我真的很欣赏！要是没有那种魄力的话，就得要有手段才行。在这里，这种办法最有效了，真是的，我居然住在历史上最大罪行之一发生的地方。很可能是这帮助我理解大猩猩和他的戒心。这样一来，我就能和我的天性做斗争，因为它总是让我不小心就滑到了同情那里。每当我看到一张陌生的面孔，我身体中的另一个我就会警告我："快点减速，危险！"甚至在同情心最强烈时，我也能保持一定程度的警惕。

您知道吗？在我那个小小的故乡，一个德国军官在一次镇压过程中，彬彬有礼地请一位老太太在她的两个儿子中选一个作为人质被枪毙。是的，就是选择，您可以想象一下。哪个？不对，是这个。就那样眼睁睁看着他被带走枪毙。您最好不要坚持，请相信我好了，不会有任何意外发生。我就认识一位心地善良的人，他从不会怀疑，他是个和平主义者，绝对的自由主义者，他爱全人类和所有动物，投入的情感是相等的。是的，就是一个优秀的灵魂。他后来归隐田园了，那是在欧洲最后几次的宗教战争中。他归隐后在自己的门上写下这样的一段文字："不管来自何方，请进，您都得到欢迎。"您说说看，最后什么人回复了这样盛情的邀请？没错，就是民兵[①]，那些民兵就像是到了自己的家里，他们把这个人开膛破肚，把他的内脏都掏了出来。

---

① 第二次世界大战中，法国维希政府的军事组织。致力于和纳粹德国的合作，专门破坏抵抗运动。

噢！实在对不起，太太！原来她什么都不懂。这么多人，这么晚，还下着雨，有好几天了吧，就是停不下来！还好有刺柏酒，真是黑暗中唯一的光明。您是不是感觉到了投射在您身上的金色、紫铜色的光了呢？带着刺柏酒的力度穿越夜晚的城市，这是我所喜欢的。我会整夜走着冥想，不住地自言自语。是的，跟今晚一样，我怕您厌烦了，谢谢您，您真是一位绅士。不过我的话实在太多了，一开口就收不住。谁要这个国家总是能激发我的灵感呢？这里的人们挤满了这里的街道，他们被夹在房屋跟水之间的狭小空间里，被雾、冰冷的土地，还有像洗衣盆似的、冒着气的大海包围起来。是的，我爱他们，爱他们的双重性，在这里，同时又在那里。

的确，听听他们走在油腻的路上的沉重脚步声，看看他们在店铺间笨拙地走来走去，那些店铺里摆满了金色的鲱鱼和枯叶色的首饰，您一定认为他们今晚会在这里是吧？您跟其他人一样，当这些老实人是顾客和商人，正心怀长生不老的希望数着他们的钱，除此之外，他们唯一能算作是雅兴的，是不是戴着宽大的帽子去听解剖学课？这您就错了。是的，他们在我们身边走过，但您看看他们的脑袋在哪吧：在那些红绿招牌下，在由霓虹灯、刺柏酒和薄荷酒混合而成的迷雾中。先生，荷兰就是一个梦，一个黄金和烟雾的梦，白天里烟雾缭绕，到了夜里就会金光闪闪，就是这样夜以继日，这梦里塞满了罗汉格林[①]，就像些随随便便骑着有很高车把的黑色自行车的人，看上去像群忧郁的天鹅，在全国各地的上空盘旋，大海边，运河的两岸。他们总是想入非非，头被裹在了紫铜色的云雾里，他们在金色香烟的迷雾里旋转着，高高地飞了起来，但他们个个睡眼惺忪，根本不在这里。他们正在朝着几千公里外出发，朝着爪哇，朝着那些遥远的岛屿。在

① 欧洲民间传说中的人物。他被选中来保卫艾尔索·德·布拉邦女公爵。他帮助她摆脱了敌国的控制，并和她结婚，他许下诺言，绝不询问她的身世。但后来他违背了诺言，于是被天鹅牵引的飞船带走了。

印度尼西亚，他们对那些扮鬼脸的神祈祷，还拿来贴在窗户上。您看看，他们这时正在我们头顶来来去去呢，末了就当作是庄严的表征，贴在招牌和梯形的屋顶上，提醒这些思乡的移民们，荷兰不仅是商人的欧洲，还是大海——是通往扶桑国[①]的大海，在那些岛屿上，人们死的时候疯狂并且幸福。

我就这样信口开河了，我这是在辩护！实在抱歉，这是习惯，先生，也算是一种天赋吧。我是想让您了解这座城市，触摸到事物的心跳。

我们不是正好处在事物的中心吗？您最好注意一下阿姆斯特丹的这些同心的运河，它们是不是像地狱之圈呢？当然，资产阶级的地狱总是被噩梦纠缠着。人们从外圈开始，一圈比一圈深，这就是生活，是罪恶，越来越厚，越来越阴暗。这儿，就是这儿，是最后一圈。是……啊！您也知道？真见鬼了，您让我更难确定您的等级了。不过呢，您一定理解我为什么说事物的中心正在这里，尽管我们是在大陆的边缘地带。敏感的人总能理解这种怪事。那些看报纸和通奸的人，无论怎样都不可能走得更远，他们来自欧洲各地，在内海周围那些黯淡的沙滩上停下来。在汽笛声中，他们徒劳地在迷雾中寻找轮船的影子，接着渡过运河冒雨返回。是的，他们就是在这里中转，操着各种语言去墨西哥城要刺柏酒喝。

我在那里等着他们。

明儿见！先生，亲爱的同胞。不，您现在可以找到路了，我就在这座桥边上和您告别吧。我夜里从不会过桥。这是因为我许下过一次愿。您不会设想一个人投水自尽吧？二者必居其一：要不您就跳下去把他救起来，但这是寒冬，您会为此冒很大风险！要不您就丢下他，自己逃回家去好了。有时就是这样，会感觉到无缘无故的伤痛。晚安！怎么？玻

① 原文为Cipango，是中世纪欧洲对日本的称谓。

璃后面的那些女郎吗？梦，那都是不值钱的梦，神游印度！这些人都抹了香料。好吧，您自己进去，她们会拉上窗帘的，航行于是就开始了。裸体之上，必有神灵，岛屿陷入了疯癫，它们开始随波逐流，棕榈覆盖，真像风中的长发。试试吧。

第二天

只是我仍然还是无所作为：在我们这个社会里，贪婪代替了理想，这一直都让我觉得很可笑。

法官是什么——忏悔者？啊，看来您对我这个称呼有点感到好奇。请相信，完全没有调侃的味道，我可以解释得更清楚一些。从某种意义上来说，这甚至是我职位的一个组成部分。当然，我本该列出更多的事实，这更有助于您理解我的叙述。

几年前，我是巴黎一名小有名气的律师。的确，我没告诉您我的真实姓名。我专门承揽所谓高尚诉讼，为那些孤儿寡母辩护。的确存在着一些行为不当的寡妇，也有一些凶残的孤儿，但我不清楚为什么会这样。不过呢，但凡让我从被告身上闻到一点受害者的气味，我就会毫不犹豫挥动我的衣袖投入行动。那是怎样的行动啊！简直就是一场风暴！那时候我告诉您，我的心思全都在我的衣袖上了。人们会真的以为正义每晚都在跟我同床共寝。我相信，您一定会钦佩我说话的语气，我展现出的真切情感，当然还有我辩护的说服力和适度的激愤。我的身体也因为具有特殊禀赋，让我能随时随地表现出高贵的仪态。另外，还有两种诚挚的情感是我的支持者：为站在法庭上的正义一面感到满足，以及对任何法官发自本能的轻蔑。归根结底，这种轻蔑也有可能不是来自本性。如今我更加清楚它有它的道理了。但表面看起来，它更像是一种激情。谁也无法否认，至少当下还需要法官，您说是不是？只是我很难理解人会指派自己去担任这种令人吃惊的职务。那么我既然看见他了，也就容忍了，很像是对蝗虫的容忍一样。唯一的区别在于不像法官，这类真翅目的昆虫从来也没给我带来过一分钱，而我恰恰是靠跟我蔑视的人对话为生。

我就这样站在了正义的立场上，这让我的良心得到了安宁。从法律的角度来说，你有理你就会感到满足，就能得到自尊自重的快乐。亲爱的先生，这就是我得以站住脚并前进的动力。反过来，如果你夺走了人的这些东西，你就能把一个人变成一条疯狗。很多人仅仅是因为被剥夺了这些东西而无法忍受，就犯下了那么多的罪行！从前有过一位这样的工厂主，他的妻子简直就是十全十美了，让无数人羡慕，可后来他欺骗了她。这个人当然因为自己做错了事而懊恼，他因为无法得到或者无法证明自己的有德而懊恼。他的妻子越是完美，他就越是生气。最后，他被自己的理亏弄得难以忍受。这时候您还能指望他怎么办？要他不再欺骗自己妻子吗？不，他只能杀了她。正是因为这样，我才能跟他有了交往。

我的处境可比他好得多。我不仅没有需要去触犯法律（尤其是我不可能去杀妻，因为我根本没有妻子），而且我还能为他们辩护，辩护的唯一前提是他们都是些比较好的杀人犯，就跟有一些野蛮人是好一点的野蛮人一样。辩护的方式给了我很大的快乐和满足。在职业操守上我的确无可指责。我不受贿，也从没有低声下气去求人走后门。我甚至都没有为了能得到某种好处而去奉承过任何一名新闻记者，更没有为此去对一位官员拍马溜须过，我当然承认一个官员的友谊总是有用的，我因此还获得过两次或是三次的授勋，但我都很谨慎、有尊严地拒绝了，并且我还从这种尊严里得到了真正的奖赏。最后，作为一名律师，我从不要穷人付钱给我，也从不到处宣扬这点。请不要以为我这是在自我吹嘘，亲爱的先生。只是我仍然还是无所作为：在我们这个社会里，贪婪代替了理想，这一直都让我觉得很可笑。我有远大的志向，这点你会看到的，这种说法很适合我。

不过我看得出您已经认为我是在自满了。可我这是在听凭自己的天性，我们都知道人的幸福就在于此，尽管我们为了彼此之间不发生冲突，有时会以自私自利的名义假装着谴责这种乐趣。但在我，至少这样让我的一部分天性能得到发展，我会对孤儿寡妇生出同情，时间长了，这样的情感就控制了我的全部生活。举例说吧，我就特别喜欢搀扶盲人过街。只要我看见一根手杖在街道的拐角那儿犹豫不决，不论多远的距离，我都会跑过去，赶忙伸出我仁爱的援助之手帮助盲人，用我温暖的手引导他们走过人行横道，避开来往的车辆到达安全之地。那之后就彼此充满感激地分手道别。我也喜欢回答别人的问路，借给他们火，遇到推车的人上去帮一把，帮助推推熄火的汽车，买一份救世军的报纸，要不就买一束老太太的鲜花，就算我知道那是从蒙巴纳斯公墓那偷来的。对了，还有，不过有点难以启齿，我还乐善好施。我的朋友中有一位是一个了不起的基督徒，但他也承认，人们看到一位乞丐走近自己家门时，总是会感到难受，但我却会喜出望外。我们还是先不谈这个吧。

谈谈我的彬彬有礼好了。我的有礼貌是出了名的，并且没有什么可怀疑的。礼貌给了我非常大的快乐。要是有幸能在早晨的电车或者公汽上给那些看上去应该坐着的人让座，帮助一位年纪大的老太太捡起掉在地上的东西，然后带着我标志性的微笑还给她，要不就只是把我刚叫到的出租车让给更需要的人，我那一整天都会是阳光灿烂的日子。遇到这样的日子我总是快乐的，比如在公交系统罢工的时候，我有机会用我的汽车带几个男女回家，或者是在旅途中帮某位姑娘把手提箱放到她放上去有点困难的行李架上，这些我都比一般人做得更多，因为我总是在关注这样的机会出现，也更能从中得到乐趣。

我也被公认是慷慨的，实际上我的确是这样的。无论是在公开场合还是私底下，我都经常会给他人赠予。每次当我需要捐出一件东西或者一笔钱的时候，我所感受到的都是长久的快乐而不是痛苦。当然，有时当我发现这些捐助没带来回报，甚至可能变成忘恩负义时，也会生出伤感，但跟从捐助得到的哪怕是微不足道的快乐比，这种伤感简直不值一提。我的乐善好施甚至到了这样的地步，我厌恶被迫而为，对金钱的计较也让我厌恶，我能忍受，但会因此心情变坏。我认为我有权决定我的捐助。

这都是些小事，但它们却能让您了解我在我的生活中，尤其是在我的职业经历里发现的持久的乐趣所在。有时候在法庭的走廊上，我会被某个被告的妻子拦住，为这名被告做辩护完全是出自我的正义之心和同情，也就是说免费的。我会听着这位女人喋喋不休，无法表达对我的帮助的感激之情，而我会告诉她这都是我该做的，换谁都会这样做的，帮他们度过将来的艰难日子是应该的。然后，我会吻吻这个女人的手，以免打断了这种情感的流露，好让他们能保留一些对正义的信心。到这里就该停下来了，您一定要相信我，亲爱的先生，这样就是超凡脱俗，是人性的升华，在这里，存在的的确只有道德和良知。

就让我们停留在这样的顶峰好了。您现在一定明白了我说的远大志向的意思了。我所说的就是这些顶点，我只能生活在那上面。要知道我只有在高尚中才能感到自在。即使是那些生活里的琐碎小事，我也一样需要处在很高的境界里才快乐。比起地下电车，我更喜欢公共汽车；比起出租车，我更喜欢马车；而平台与夹楼，我更喜欢平台。我喜欢运动型的飞机，在那上面我可以把头伸出去，伸到辽阔的天空中。我也是船尾的顶层平台的不知疲倦的散步者。至于群山中，我会回避那些山口高原中纵横交错的山谷，严格说我更喜欢平原。如果命运决定了我必须选择一种体力劳动的话，比如车工或者建筑工，我会选择在屋顶干活，与眩晕为伴。无论是船舱还是船台，无论是隧道还是山洞，包括深渊都是我厌恶的。告诉您，我对洞穴学家有种特别的仇恨，他们居然敢占据报纸的头条，他们的活动让我恶心。努力去达到负 800 米的标高，冒着脑袋被乱石和狭窄的通道（这被那些糊涂虫称之为虹吸口）夹住的危险，我认为这都是性情恶劣以及受到过度刺激的人的胡作非为。要知道那下面可是藏着邪恶的。

一个相反的例子，那就是一个自然的阳台，高高地耸立在海面上 500 多米，由此可以俯瞰辽阔的大海，才是我呼吸最畅快的地方。尤其是我独处的时候，你能高踞蚁群似的人类之上。我这样说是有证据的，看看那些布道、重要的说教、拜火教的仪式，为什么这些活动都要安排在人迹罕至的高山之上吧。我认为这类活动要是安排在地下室或者牢房，人的冥思就没法进行（除非牢房是在一座塔上，能获得宽阔的视野），而只能在里面打发时间。我能理解这样一个人，他做了教士然后再还俗，就因为他的房门不是面朝一片辽阔的风景，而是面向一堵墙。您一定要相信，我是不可能消磨岁月的。每时每刻，我都是在自身和众人中朝着高处攀登着，在那里点燃所有人都能看到的火焰，从而引来一阵欢呼。这样，我至少能证明我是热爱生活的，证明我的品质是优秀的。

我的职业让我成功完成了这种攀登高峰的志愿。它使我得以避免任何的辛酸感受，对那些我总是施恩却从不会亏欠他们的人的辛酸感受。正是它让我高踞法官之上，该由我来审判他们，使我高踞于被告之上，迫使他们认罪。任何审判都与我无关，我不在法庭的舞台上，而是在别的地方，在舞台的上方，就像人们借助某种机关使其降临，让情节变得有趣，并拥有了它应该有的意义的神明。一句话，超然在上的生活，仍然是受到大多数人景仰和膜拜的不二法门。

在我的那些好罪犯里，有那么几个在杀人时同样听命于这种情感。有人阅读描述他们悲惨遭遇的报纸，这无疑是给他们的不幸的一种奖赏。跟很多人一样，他们通常对自己默默无闻感到厌烦，这使他们变得焦虑，而这种焦虑有时候会让他们铤而走险。说起来杀死一个门房也能使一个人出名。很不幸的是，这种出名是短暂的，瞬时就会消失，因为这世上有太多的门房，是理所当然并已经挨刀了的。罪行总是前赴后继地在涌向前台，那些杀人犯很快就会被新的取代。为着短暂的胜利，最后需要付出的代价是过于高昂了的。相反，我这样为我们那些希望出名的不幸的人辩护，才是真正能得到承认的，并且是在同一时间、同一地点、花费更少被人们承认的。这也正是鼓励我施展努力去获得理所当然的奖赏的动力，为了让他们付出尽可能少的代价——他们的付出多少也是在帮我付出。作为回报，我表现出充分的义愤、才智和激情，来偿还我欠他们的一切。法官惩罚，被告赎罪，而我，除掉一切义务，既能避免被审判，又能避免受到惩罚，自由自在生活在一片伊甸园的光明中。

亲爱的先生，伊甸园不就是能直接驾驭的生活吗？而这恰恰是我的生活。对于生活，我可从不需要学习。这是我与生俱来的天赋。有些人的问题是，他们需要防备他人，要不就是需要迎合他人。而我，迎合的是我的天性。需要的时候不拘礼节，必要的时候三缄其口，既玩世不恭，又庄重肃然，对此我一向都得心应手。因此我才能深孚众望，在上流社会获得无数次的成功。我仪表不俗，既是一名不知疲倦的舞者，又是一名小心翼翼的学者，我能做到这些谈何容易，同时要爱女人和正义，我从事体育运动的同时，还要从事美术事业，好吧，我不说了，不然您一定会怀疑我这是狂妄自大。但是，您应该想象一个正处在盛年的人，有着强健的体魄和得天独厚的禀赋，无论是从事体力活动还是智力活动，都一样得心应手，并且不骄不躁，能怡然安眠，对自己的一切打心眼里满足，但他表现出来的却是随和。您得承认，我尽管谦虚，但不得不说自己的生活是成功的。

要说比我还淳朴自然的人，那实在是少见。我跟生活之间的和谐是彻底的，我把自己完全融进去，从不拒绝生活任何的要素，无论是嘲讽、伟大还是各种约束。尤其是肌肉，物质，总而言之，身体，它使得那么多人在爱情中、在孤独中狼狈不堪，以至于灰心丧气，但却给了我无穷的乐趣，同时也没有使得我遭到奴化。我生来就注定了有这样一具躯体。由此产生的和谐，对它的控制，让我能时刻感觉到它的存在，并承认它有益于生活。为此，人们渴望与我为友。生活就是这样，天然存在的和那些被赠予的扑面而来，我用一种坦然的善意接受人们的敬意。事实上因为这种充实、淳朴，我感觉自己有了超人的味道。

我出生在一个正儿八经的人家，不过不算显赫（我父亲只是一位军官），但在某一个清晨，我不得不谦卑地承认，自己是一个王子，要不就是燃烧着的荆棘[①]。请一定注意，这是来自我确信自己比所有人都聪明后的一种认知。只是这种信念暂时没有结果，因为太多笨蛋拥有和我一样的信念。不对，是因为志得意满，我感到自己真不知道该不该接受这点，那就是自己是被选定的。在芸芸众生里，唯独我被选中去获取这漫长又稳定的成功。总而言之，这是对我的谦卑的奖赏。我不会把这一成功归咎于我个人的努力，我不认为能集这样多不同的优点于一身是纯粹偶然的结果。这就是为什么我会以某种方式感到，我之所以有权这样幸福地生活，是出于某种天意。要是我告诉您，我没有任何宗教信仰的话，您就会更加觉得我的这

① 《圣经》中说，上帝是在一片燃烧的荆棘里向摩西显形的。

种信念的不同寻常。我的确是翱翔在天空很多年了。说实话，我由衷怀念那些岁月。我一直翱翔到了夜里……不，那是另一回事，应该忘掉才对。况且，也许我有点夸大其词了。我在各个方面都感到自如。真的，不过，又同时对任何事都无法满足。任何一种快乐都会驱使我去追求另一种快乐。我参加一个又一个的晚会，我通宵达旦地跳舞，越来越对人和生活着迷。有时我会在舞会上滞留到很晚，跳舞、低烈度的烧酒、我的发作、众人粗野的放纵，这些都使得我投入到了让人厌倦又满足的沉醉中，仿佛是在疲惫到了某个极点的瞬间，我才明白人与世界的奥秘。然而，到了第二天，疲惫一旦消失，奥秘就会随之而去，我不得不重新投身到那种生活里去。就这样，我跑来跑去，总是能得到满足，不会乐极生悲，不知身在何处。直到有一天，不对，还不如说是直到某个夜晚，音乐停止，灯光熄灭，那些曾给予我幸福的晚会……但请您允许我召唤我的原始人朋友吧。点头示意表示一下对他的感谢，最主要还是请您跟我一起干杯，我太需要您的同情了。

我这番表白让您吃惊了，这我看出来了。难道您从来就没有需要同情，需要帮助和友谊的时候吗？不，当然。至于我，我学会了只满足于同情。这更容易得到，还不需要承担义务。“请相信我的同情”，心里这样说，接着就是“但现在，还是先谈点别的吧”。就是这样，这是种议会议长的情感——廉价得到了，然后就是灾难的到来。友谊就不那么简单了，需要很长时间的艰苦努力才能得到，但一旦得到了，就很难摆脱，你不得不随时都需要去正视它。可不要指望朋友会每晚都给您打电话，他们本来是应该这样做的，因为他们需要随时掌握您的动态，看看您是否正好那天晚上想要自杀，或者再简单点，你是否需要有人做伴，是不是想要出门。不，要是他们打电话来了，放心，那天晚上您一定不会是一个人，而且生活也一定是美好的。自杀，不如说是他们把您推向死亡的。据他们说，那是因为您对自己承担的义务需要这样。亲爱的先生，上天使我们免于被朋友抬得过高！至于那些因为职责需要爱我们的人，我这里想说的是父母们，他们算是亲属（这是怎样的用语呀），所以另当别论。他们身负“必须”这个字眼，不过我想说，正是这个词成为他们的子弹，他们打电话就跟打机关枪一样，而且他们瞄得更准！啊，巴赞[①]之流呀！

我就有这样一个朋友，我一直都在尽量躲避他。说实话，我有些讨厌他，而且这人缺乏道德。不过您大可放心，他在死前又见过我一面。那天我可没白过。他对我很满意，是握着我的手死的。另外有一个女人，总是纠缠我，但还是没用，她也很知趣，年纪轻轻就死了。我的心里顿时空出了一大块！再加上又不是自杀的！上帝，多美妙的骚动呀！电话畅通，心潮澎湃，语句的有意简短，但太多弦外之音了，要不就是痛苦，甚至，是的，我这的确有点在自责！

人都是这样，先生，都有两幅面孔——爱别人和爱自己。请观察一下您的邻居吧，要是凑巧遇到一件丧事那就最好了。人们沉睡在自己的小日子里，突然一下，比如说，门房死了。于是他们醒来，开始骚动，到处打探消息，动了恻隐之心。一个死讯即将公布，戏终于要开场。人们需要悲剧，这毫无办法，这就是天性，悲剧是人的开胃酒。要说的话，您认为我是偶然才跟您提到门房的吗？我就有过一位门房，真是让人讨厌的家伙，简直就是恶魔的化身，一个一文不名，却满心都是怨恨的怪物，就算是一个方济各会的修道士也会对他失

① 弗朗索瓦·阿希尔·巴赞 Fran.ois Achille Bazaine（1811 年 2 月 13 日－1888 年 9 月 23 日），雇佣兵出生，1864 年为法国元帅。在普法战争中因私下与普鲁斯宰相俾斯麦和谈，交出了梅斯城和 17 万的军队，而在 1873 年被军事法庭以叛国罪判处死刑。后被当时的法国总统麦克马洪特赦，改判为 20 年徒刑。1874 年成功越狱，逃亡到意大利和西班牙。

望。我甚至都懒得理他了。但是，仅仅是因为他的存在，就把我平时的兴致全都毁掉了。他死了，我参加了他的葬礼。您能不能跟我说说这是为什么？

葬礼前的两天很有意思。门房的老婆病了，躺在那间唯一的房里，她的身边架子上放着箱子。房客想要取信就得自己来。他们打开门，走进去，说一声："太太，您好！"然后得听着她指着死者赞扬一番，才能拿走自己的信。这可没有什么值得高兴的，您说是不是？所有房客都要从这间散发着石炭酸味的屋子里走一遍。他们不派仆人去，不，他们自己要享用这个意外的收获。仆人们一样，区别是他们偷偷去。下葬那天，门房太太终于出门了。"哎呀，亲爱的，"门房的太太躺在床上，带着悲喜交加的惊讶说，"他多么高大呀！""别担心，太太，"安排葬礼的人回答说，"一会儿就出去了，让他站着就是。"于是，让他站着出去，再让他躺下，只有我和一个当过酒馆侍者的人（死者生前每晚都会和他一起喝一杯开胃酒）去了公墓，朝一具奢华得让我大吃一惊的棺材上撒鲜花。然后我去看门房的老婆，为了得到女戏子的道谢。您说说，这一切有什么道理？什么都没有，开胃酒而已。

我还安葬过一位律师团的老同事。那是一个总是受到人们轻视的办事员，我每次都会跟他握手。实际上在那里工作，我会跟那里的每个人握手，能握两次绝不握一次。我通过这种廉价的手段获得了平易近人的美誉，并得到了大家的同情，这对我的发展是必要的。安葬办事员，首席律师当然不会当回事。但我不一样，尽管第二天还要出远门，而且还是一次重要的外出。正因为这样，我才知道我的到场一定会引起人们的关注，会得到评价。这您是知道的，那天下大雪，我也没有退缩。

您说什么？我只是说了别担心，我想我并没有跑题呀。好吧，还是让我先提醒您注意，门房的老婆因为想要更好地享受自己的激动，她买了一个上好的橡木的、手把上镶了银的基督受难像，因此倾家荡产，在一个月后，她不知怎么混到了一个嗓音动听、说话神气活现的家伙，然后是他揍她，她发出可怕的叫喊声，那家伙就打开窗户，唱他心爱的歌："女人啊，你们多么漂亮！""真是活该！"邻居们这样说。请问您，什么是活该？好吧，看起来大家都反对这位男中音，就连女房东都反对他。但谁也没法证明他们不相爱，也无法证明女门房不爱她丈夫。最后，嗓子跟胳膊都累了，从此，神气活现的家伙也就飞走了，而女门房又开始颂扬死者。真是一个忠贞的女人！反正我还认识一些人，表面上大家都支持他们，可他们却一点都不忠诚。

在我认识的人中，有一位把自己一生中的二十年都奉献给了一个轻薄的女人，为她不惜牺牲自己的一切，友谊、工作、甚至荣誉和体面，却在一个夜里发现自己从没有爱过她。他就是厌倦了，总之跟大多数人一样厌倦了。他生造了一个自己复杂悲惨的生涯。总该有点什么发生，这就是大多数情况下人类承担义务的原因。总该发生点什么，就算是没有爱情的奴役、战争和死亡。丧葬万岁！

我可没有这样的托词：既然我支配着生活，我就不会厌倦。您还记得我跟您说起过的那个晚上吗？那次我可以说比任何时候都要厌倦。真的，我可不想有什么事发生。只是……您瞧，亲爱的先生，那可是一个美好的秋夜，城里很暖和呢，塞纳河上水雾缭绕。尽管天色很暗，但西方的天空依然明亮，路灯在微弱地闪烁。我沿着左岸朝艺术大桥走去。河水在旧书店前关闭了的书箱中间[1]闪亮。面对着佛尔加朗[2]，我就那样俯瞰着河中心的小岛，感到全身涌起一股强烈的，该

---

① 塞纳河畔的书商喜欢在自己的店外露天摆放一些铁书箱。
② 塞纳河的河心小岛的尖端部分。

怎样说呢，应该是心想事成的圆满感受吧。我的心膨胀了。就在我挺直腰板，准备点上一支香烟，一支满足的香烟时，我的身后响起一阵笑声。我大吃一惊，猛地转过身去，可身后一个人也没有。我赶快走开，一直走到桥的栏杆那，那时候河里没有小舟，没有驳船。就在我朝着河心的小岛走去时，笑声又响起了，这次稍微离我远点，感觉是正在顺流而下。我一动不动站住。那笑声渐渐变弱了，但在我身后还是能清清楚楚听到，合着河里的流水声，这声音不可能来自任何地方。我的心跳加速起来。您当然能理解，这笑声可没有什么恶意的地方，它很善意，很自然，也很友好，然后一切都变得正常起来。何况很快我就什么也听不到了。我来到滨河路，走进多费拉街，买了一包我从不抽的香烟。我承认当时我有些发晕，呼吸也不稳定。那天晚上我打过一个电话给一位朋友，但他不在家，是出门还是不出门，我犹豫了，也就是突然间，我听到窗户底下有人在笑。打开窗户，人行道上有几个年轻人正在道别，他们看上去都很快乐。我关上窗户，无可奈何地耸耸肩，我可没时间，我还有份卷宗需要研究。我走近浴室想要喝口水。在镜子里，我对着自己微笑起来，可我的微笑看上去很有些双重性……

您说什么？请原谅，我刚才想别的去了。好吧，我们明天见，当然。明天，是的，就这样吧。不，不，我可不能留下。您知道的，棕熊还要找我商量点事，您看到他在那边了。他当然是一个正直的人，那些警察捉弄他都是出于纯粹的邪恶。您也认为他长着一颗杀人犯的脑袋？您放心好了，这可是一颗专门干这行的人的脑袋。他对溜门撬锁也一样熟练，我要是告诉您，就这个人，对倒卖绘画作品一样在行，您一定会大吃一惊。要知道，在荷兰，可是谁都是绘画和郁金香方面的专家。这个人是一次著名的绘画作品盗窃案的作案者，但他是一个谦虚的人。您说的是哪一次？我也许能告诉您。可别对我的学问感到吃惊。别看我从事的是法律工作——一个忏悔者，我也是这一带的业余小提琴手，我可是这些诚实的人的法律顾问。这不太容易，但我得到了他们的信任，是不是？我的笑声爽朗，握手有力，这就是诀窍。另外，我处理了几件棘手的案子，这主要是出于利益，其次才是信念。要是老鸨子和小偷总是、到处都被定罪，那么正经人就会全部、不断地自认为有罪。据我看来——您瞧瞧，我说到了！——这是应该加以避免的。要不就会成为笑话了。

第三天

有一种奢望强烈地在我身上展现出来，我居然能不顾事实，无法想象一个曾经委身于我的女人还能属于其他男人。

真的，亲爱的同胞，我很感激您的好奇心。但我知道我的故事很平淡，没有什么奇特之处。既然您坚持，您也该想到，我好几天了，还是在想那个笑声，但忘掉得也快。慢慢地，我开始在我身上的某个部位听到它了。但大部分时间我很容易就想到别的事去了。

不过我也承认，那之后我再也不去滨河路了。在我乘汽车或者公车路过那里时，在我身上会出现一种沉默。我认为我那是在等待。但在过了塞纳河后什么也没发生时，我就松了口气。那时候我的身体不是很好，我也不知道是不是在生病，总是觉得身体虚弱，毫无兴致。我去看了医生，医生们给我开了一些兴奋剂。服用后，我的精神的确振奋了，但很快又消沉下去。生活开始变得不那么容易，当身体遇到不适，你的心就会萎靡。我好想忘了一些我天生就会的东西了，可我以前对它们很熟悉，我想说的是，我知道怎样生活。的确，我就是认为都是从那个时候开始的。

今晚也一样，我感觉不到充沛的精力，我甚至说话都费力，感觉我说得不再那么好了，逻辑也不那么清晰。当然，这跟天气有关，空气这样沉闷，让人喘不过气来，胸口感觉到有东西压住。亲爱的同胞，要是能出城去走走，你看有什么不方便吗？那就谢谢了。

夜里，运河是美的！我爱这散发着霉味的河水，爱浸泡在河水里的落叶的气味，还有摆满了鲜花的平底船上飘来的阴郁的气味。不，不，这口味完全不存在病态一说，请相信我好了，我这反倒是先入之见了。事实是我在竭力喜欢这些运河。这世上我最喜欢的是西西里，您听好了，而且还要是从埃特纳火[1]山上，俯瞰岛屿和大海。还有就是刮着信风的爪哇。是的，我年轻时去过。通常说来，我爱所有的岛屿。在那很容易就获得主宰的感受。

那是不是一座精致的房子？您看见的那是两个奴隶的头颅，那是招牌。房子原本属于一个奴隶贩子。啊！不是的，那时候人们可不会隐瞒这种把戏！人们会高声谈论说："看，我有一幢临街的房子，我贩运奴隶，卖黑肉！"您能想象今天有人会公开声称自己从事这个行业吗？那该会是多大的丑闻！从这里我都能听到我巴黎的同行们说什么了。他们在这个问题上的态度要多顽固就有多顽固，他们会不假思索发出两份宣言，甚至更多！经过深思熟虑，我会在他们后面签上名。奴隶制度，当然不行，我们都反对！要是不得不在自己家里，或者工厂里建立起奴隶制度，那好，顺理成章了，可是大吹大擂，那可不行。

我当然知道人们离不开统治别人和被别人服侍。是个人都会需要奴隶，这就跟需要纯净的空气一样。统治就是呼吸，您对此同意吗？就算是那些最倒霉的人，也一样能呼吸。社会底层的人也有老婆跟孩子呢，就算他是光棍，也会有条狗。一句话，一个人能发怒，而另一个人不能顶撞，这才是最根本的。"人不能顶撞他的父亲。"您听说过这句话吗？某种意义上这句话没法解释。在这个世界上，不顶撞自己爱的人，那还能顶撞谁呢？不过换一个角度，这句话却又是正确的，

① 西西里岛上东北部的活火山，是欧洲最高的活火山。

就应该由一个人说了算，不然的话，任何道理都会有另外一个道理与之对立，这样一来就会没有止境了，还是要由实力来做出决定。我们花了很多时间，才懂得这个道理。您是否注意到了，我们这个古老的欧洲终于能用正确的方法来推导问题了，不再像过去那样的幼稚，说什么“我这样想，您有什么办法呢？”，我们的表达越来越清晰。我们学会了用通告代替对话。“这就是真理，我们说，你们可以尽情讨论，对此我们没有兴趣。但几年后，会有警察来，他们将会向你们表明我有理。”

啊！亲爱的地球！现在都清楚了，我们有了自知之明，知道自己能干什么。好好听着，我现在换一个例子，但主题还是一样，我总是喜欢她微笑着服侍我。要是女仆都神情忧郁，她就会毒化我的生活。我当然不反对她有不高兴的权利，但我认为微笑服务比哭着服务对她也一样更好。对我好也是不需要怀疑的。不过，我的推理虽然不是很精彩，但也不是完全愚蠢。同样，我总是拒绝去中国餐馆吃饭。原因？因为亚洲人当他们不说话时，并且又是在白人面前时，就会经常带着一种轻蔑的神气。看着他们，你怎么能一边品尝着烧鸡，一边还想着自己是有理的呢？

说句知心的话，奴隶，最好是微笑着的奴隶，实在不可或缺。当然我们不能公开承认是这样。那些不能没有奴隶的人，称奴隶是自由人岂不是更为有利吗？这首先是因为原则，其次是因为不让他们失望。的确应该给他们这样的补偿，您说呢？这样一来，他们就能继续微笑，而我们也能心安理得。不然我们就只好被迫反省自己，会痛苦得发疯，甚至会变得小心翼翼，时时刻刻都会胆战心惊。所以，千万不要挂出招牌去，招牌会引起公愤。再说了，要是每个人都坐在桌前，嗯，就这样表明自己的真实职业、身份地位，那可就会让人们不知道如何是好了！请您想象一下一张名片上这样写着：杜邦，胆小鬼哲学家，或者是基督徒业主，要不就是通奸的人文主义者。真的，人们可以选择，但那会是地狱了！是的，地狱就是这个样子的，街道两边挂着招牌，但没办法解释。人一旦被划定了等级，就会终生不变。

我亲爱的同胞，就拿您来说吧，想想您的招牌是什么。您不说？那还是算了，您以后会回答的。反正我知道我自己的——双重面孔，是个可爱的贾努斯①，上面写着家传的格言："别相信。"而我的名片上则写着："诺旺·巴蒂斯特·克拉芒斯，伶人。"对了，我跟您说的那个晚上后不久，我出了点事故。我在帮助一个盲人过马路，在人行道上当他离开我时，我向他致敬了。这样的脱帽致敬显然不是为了他，因为他根本看不见。那我是做给谁看的呢？当然是公众。演完你的角色后，致敬。就是这样，不错是吧？在那段时间里的另外一天里，那是一个开车的人，他感谢我帮他，但我说没人会这样做。当然了，我是想说任何人都会这样做，这只是一个很不幸的口误，让我一直都耿耿于怀。的确，说到谦逊，我可是无人能比。

亲爱的同胞，我应该很谦卑地承认这点，我是一个爱虚荣到要死的人。我，我，我，这就是我的生命之歌。不论我说什么，都能听到它。我永远都是在边说话边自我吹嘘。的确，我一直都是在自由、顽强地生活着。不管是面对谁，我都能感到自由之所在，因为我有充分的理由认为没人是跟我平等的。我总是自视甚高，这我说过了，但我的确认为自己比他人更灵敏，是一个优秀的射手，还是无与伦比的司机，最佳的情人。就算是在那些很容易就显现出我的不足的领域里，比如说网球吧，打网球我仅仅是一个还算不错的球伴，我还是坚信，只要有充足的时间训练，我也会成为最了不起的网球手。我只承认自己的优越，这就解释了我的善意和坦然的原因。在我需要照顾他人时，那都是我在屈尊，我拥有彻底的自由，而全部的功劳都最终会回到我的手中——我在我的自恋中又得到了一层升华。

---

① 贾努斯，罗马神话里的古老的神祇，具有阴阳双重面孔。

我渐渐发现这些显而易见的东西，是在我跟您说过的那个晚上之后一段时间里，别的几个事实导致的。不，当然不是立刻，也没有非常清晰。我需要做的第一件事就是重新获得对一些事的记忆。然后渐渐我能看得清了，掌握了一些过去就知道的事物。那之前，总是有种惊人的遗忘能力在帮助我，我忘记了一切，首先是忘记了自己的决心。也就是说没有什么是值得去努力的。战争、自杀、爱情、痛苦，一旦环境迫使我去关心，我当然会关心。只不过是以一种不卑不亢，浮光掠影的方式去关心。有的时候，我会对一件跟我的生活没有多大关系的案件，装出热情洋溢的样子。但我的心根本就没有参与进去，自然我的自由受到妨碍时除外。该怎样跟您说呢？就是不知不觉溜走了。对的，就是这样，所有一切都在不知不觉中溜掉了。

如果更客观点来看，我的遗忘有时还是很值得拥有的。您一定注意到了，有些人的信仰就是原谅所有对自己的羞辱，他们也的确这样做了，可是就是不能忘掉。我可不是那种能原谅羞辱的人，但我却能最终忘得一干二净。那些以为我憎恨他们的人，常常会因为看到我笑容可掬地给他们致敬，而大吃一惊。根据人的天性，这些人要不是钦佩我的宽容大度，就是在嘲笑我的懦弱胆小。但怎么也不会想到我这样的理由其实很简单——我干脆连他们的名字都忘了。这样一来，使我冷漠或者不讨人喜欢的这个弱点，现在成了使我成为一个高尚的人的原因。

因此，过一天算一天，我的生活只有一种是持续性的，那就是我，我，我。过一天算一天，搞女人；过一天算一天，行善或者作恶；过一天算一天，像狗一样。只要坚持住每天都只有我，一切都无所谓。就是这样，我浮到了生活的表面，一定程度是在口头上，从来也没有真过。那些基本没有读过的书，没爱过的朋友，几乎没游览过的城市，还有那些没有占有过的女人！出于厌倦或者消遣的需要，有过一些行动。人们跟随着，他们想要依附，但却一无所有，而这就是不幸。那是对他们来说，因为对我，我早已忘记，我只记得我自己。

但逐渐地，记忆回到了我的脑海里。不过还不如说是我回到了记忆里，我是在那里重新发现了回忆，它就好像一直都在那等着我。亲爱的同胞，在跟您说这些之前，请允许我给您举几个例子（我相信它们对您是有用的），说说我的发现。

有一天，我开着车在绿灯到来时启动慢了那么一秒钟，我们的一些很有耐心的同胞就在我车后发疯按喇叭，这时候，我突然想起一件在相同情形下的遭遇。那次一辆摩托超越了我，驾驶员是一个干瘦的小个子男人，他戴着夹鼻眼镜，穿一条高尔夫球裤子，当时他是在红灯亮的时候停在我前面的。当时，这位小个子把发动机熄火了，再想点燃时，就怎么也点不着。当绿灯亮了后，我习惯性的请他把摩托车移动一下，好让我先过去。这个小个子继续为扑哧扑哧的摩托车着急。但他按照巴黎的惯例，告诉我让我一边歇着去。我坚持着保持自己彬彬有礼的形象，只不过是语气中有点轻微的着急。对方可不在乎，他完全不管我是不是着急。这时候，我车后面另外几台车的喇叭一起响起。这时我的语气变得坚定了，我要求这个小个子要为自己的不礼貌道歉，并承认自己堵塞了交通。看来这家伙准是因为发动机跟自己作对而恼火了，他就告诉我说，如果我想尝尝拳头的话他可以帮我松松筋骨。自然了，这样的恬不知耻让我下了车，我很想教训一下这个嘴里不干不净的家伙。我可不想被看作是胆小鬼（但愿别人也不要这样想）。我比他高出一个头，我的肌肉也一直都很愿意为我服务。我至今还是认为，与其给人松筋骨，还不如被别人松筋骨。在我还没在马路上站稳时，从围观的人群中就冲出来了一个人，直奔我而来，他告诉我，要我明白自己是多么卑鄙无耻，他坚决反对我揍一个骑摩托而处于劣势的人。面对这位侠客，严格说我根本没看清他。就在我刚想要回头时，我听见了摩托车又开始砰砰作响，我的耳朵也被狠狠剐蹭了一下。在我没来得及记下这些时，摩托车就已经跑远。我晕头转向，朝着达达尼昂[1]走过去，而这时，一场愤怒的暴风从一长串的汽车喇叭中发出，越来越响。绿灯又亮了。我仍然还是有些迷迷糊糊，没能抓住那个见义勇为的混蛋，只得乖乖回到车里。我启动了车子，在经过那个蠢货的身边时，他向我致敬，对我说了句“可怜的家伙”，这句话我至今还记得。

您说什么？难道这还是小事吗？不过，我很长时间才忘记这事。这充分说明了这件事的重要性。不过我毕竟还是有自我安慰的理由，我挨打了却没还击，人们不能因此指责我懦弱。要知道当时我是受到了双重的夹击，两方面都闹翻了，最后是喇叭让我更加糊涂。可我还是感到不幸，仿佛我失去了名誉似的。我回到车上，看到了自己在一群讥讽的目光下毫无反应，我还记得我当时穿着一件高雅的蓝色衣服，那群人看来很为此开心。我听到了“可怜的家伙”这样的话，我觉得这种称呼实际上是对的。一句话，我丢脸了。要知道那时情况完全不受我控制，但永远都是当时那样的情形。事后，我才清楚地知道当时自己应该做什么。我看到了我给那个达达尼昂一拳，把他打倒在地，然后上车去追上了那个打我一拳的混蛋家伙，追上他，把他的摩托车扔到人行道上，再把他拖到一边，狠狠揍了一顿。我在想象中一百次地拍摄这样的小电影，当然脚本会有一些小的改动。但已经晚了，那几天我的心里装满了卑鄙的仇恨。

还真下雨了。您是否愿意在门洞里停一会呢？那就好。说到哪了？啊，对，名誉！现在再次想起这事，我开始明白了它意味着什么。我的梦想没能经住现实的考验。现在一切都很清楚，我曾经梦想着成为一个完美的人，在人格与职业上都得到尊敬。假如您愿意，我想一半是塞尔当[2]，一半是戴高乐好了。总而言之，我愿意在所有方面

---

① 大仲马小说《三个火枪手》里的主角。

② 塞尔当，法国拳击运动员，曾获得 1938 年法国次中量级拳击冠军。一行赢得 106 场胜利，其中有 61 场是击倒对方而获胜。

都占据优势。这也正是我为什么喜欢摆架子，装模作样，更多展示身体的灵巧而不是智力的禀赋的原因。但在当众挨打而没做出回应后，这种美好的形象对我来说已经不可能了。如果我曾经是真理和智慧的好友，就像我一直自诩的那样，这件早就被看客们忘掉了的事，对我又有什么影响呢？我几乎承认自己无缘无故生气了，但既然已经生气了，又差点承认自己由于不够机智，而不知道怎样应对我的愤怒导致的后果。我既然没有做，却强烈渴望报复，把对方狠狠揍一顿，战胜他。这显得我的志向不是成为受到人们赞誉的最聪明、最善良的人，而是想揍谁就揍谁，成为最最强大的人，而且还是以最粗俗野蛮的方式。不过这您也应该知道，所有聪明的人都梦想成为强盗，只靠暴力支配世界。由于这不像阅读某些小说那样，容易使人相信，一般来说，人们都会转向政治，投向某个政党。要是能够统治所有人，那么让自己的思想变得卑鄙又有何不可呢？您说呢？我发现自己正做着压迫人的美梦。

告诉您好了，我只在罪犯和被告的罪行对我不会造成损害时，才会站在他们一边。他们的罪行使我能雄辩，因为我并不是他们的受害者。在我受到威胁时，我不仅会变成法官，更会变成狂暴的人，会不顾一切法律法规，痛斥罪犯，使其屈服。这之后，亲爱的同胞，我就很难再一本正经地认为自己是正义的象征，是孤儿寡妇的天生保护者了。

看来雨越下越大，那也好，我们就有了更多时间，我可不可以向您披露一个不久后我在记忆里的新发现呢？我们就坐在这里的凳子上避雨好了。几百年来，抽着烟斗的人看着同样的雨落进同一条运河中，我要向您讲的却越来越困难。这一次是关于一个女人的。首先，您得了解，我在女人身上可是从不费力气就能获得成功的。我不是说成功地使得她们得到幸福，也不是在说我因为她们而幸福。不是的，我说的仅仅是成功。只要我愿意的时候，差不多都总能达到目的。您想象一下，人家就是觉得我有魅力。对于魅力，您知道吗？那是一种不需要任何明确的提问，就能得到肯定回答的方法。当时的我就是这样的，这让您吃惊了是吧？还是算了吧，别否认这点。我这就是心血来潮了，太自然不过的事。唉，过了一定年龄，任何人都对自己的模样负有不可推卸的责任。至于我的模样……别去管它好了！事实就是这样，人们认为我有魅力，我不过是利用了一下而已。

但我想强调一下，我没有任何算计，我是善意的，要不就是差不多是善意的。和女人之间的相处，我们双方都是轻松和自然的，也就是像人们说的那样，是随意的。其中不掺杂任何的阴谋诡计，即使是有的话，我也可以说全都是公开的，她们把这看作是对她们的敬意。流行的说法是，我爱她们，也就是说我没爱过她们中的任何一位。我一直都认为，讨厌女人是庸俗和愚蠢的，并且我还认为，几乎所有我认识的女人都要比我好。但这又有什么关系呢？我这样抬举她们，更经常是利用她们，而不是为她们效劳。

自然这不能包括真正的爱情，真正的爱情永远都是例外。那是在一百年中最多会发生两三次的事情。其他时间除了虚荣和厌倦，就没有别的。至于我嘛，不管怎样，我都不是葡萄牙修女[①]。我的心没有干枯，离那还差很远，反倒是我的心充满了柔情蜜意，还很容易落泪。不过热情总是有点容易转向我自己，我的温情通常也是为我自己准备的，但不能因此就说我从没有爱过。我的一生中是有过一种伟大的爱情的，其对象是我自己。依据这种观点，在度过了青年时代那些不可避免的麻烦后，我很快就定下心来，打定主意：好色，我的爱情生活中只有这存在。我只是一个寻欢作乐和征服的对象。我的体格帮了我不少忙，大自然对我真的很厚道。对此我自然感到自豪，也得到了很大满足，那简直没法确定究竟是感官还是威望的满足。好吧，看来您又要认为我是在自

---

① 形容毫无欲念，心如止水。

吹自擂了。我不否认，当我把真实的事吹一遍后，我会感到更加没法自豪了。

我好色，这是在任何情况下都没法否认的。那就只谈好色好了。我是如此现实，即使是为了十分钟的艳遇，也会忘了爹娘，才不会去管事后的苦辣甜酸，更不会去在意会不会后悔。更有甚者，为了一次十分钟的艳遇，最厉害的是，我本来就确信这艳遇好景不长。不过我也有自己的原则，比方说朋友的妻子是神圣的。但只不过几天前，我会全心全意，终止跟那个丈夫的友谊。但我是不是不该把这看作是好色呢？好色也不是那么让人厌恶。还是让我们本着宽容的立场，来谈谈缺陷和一种与生俱来的无能，使我们在爱情生活中看到了另外一种表现。这种缺陷说起来让人惬意，它跟我们的健忘相互配合，对我的自由很有利。同时，由于一种疏远和它给予我的顽强的独立精神，它为我提供了新的成功可能。因为努力不存在幻想，我给予幻想家们的食粮就是最实在的了。事实上，我们的女友跟波拿巴[①]存在着共同之处，她们总是想要在他人失败的地方获得成功。

与此同时，在这类交易里，我除了好色得到满足，还获得了其他的满足——我对游戏天生的爱好。我把女人看作是游戏里的伙伴，她们至少喜爱天真无邪。您看，我受不了厌倦，我在生活中只看重娱乐。不管哪一类团体，就算是十分出色的，我都很快就会厌倦，但我对女人的爱好却从不会厌倦。我都不好意思对您承认，我愿意拿十次跟爱因斯坦的谈话，来换取跟一个漂亮的女配角的初会。当然，在第十次幽会的时候，我会希望是跟爱因斯坦交谈，或者是在进行艰难的阅读。总而言之，我从来就只在我短暂的放纵的间歇中关心重大问题。有很多次，当我站在人行道上，跟朋友交谈正酣时，把人家给出

---

① 拿破仑·波拿巴。（Napoléon Bonaparte，1769年8月15日－1821年5月5日），法兰西第一共和国执政、法兰西第一帝国皇帝。

的最关键的推理线索听丢了，仅仅是因为有一个迷人的女人正在穿过马路。

我做戏。我清楚她们不会朝着既定目标走太快，正如她们所说的，首先应该是谈天说地，是温存。作为律师，我能言善辩，在军队那阵还学过表演，当然熟知温存之道。我经常会在同一场戏里变换角色。比如很难理解的吸引力这类节目：“我不知道为什么”“没有理由，我并不想被吸引，我厌倦了爱情”等等。这样的节目永远都有效，尽管是最老掉牙的节目。还有那种神秘的幸福，任何别的女人都没有给过您，这种幸福可能是短暂的，甚至都不长（因为人们太不能保证了），但它恰恰是最无法代替的。尤其是我还改编了一段台词，它总是很受欢迎，我肯定您还会为它鼓掌的。这段台词的基本意思是：痛苦、无奈地表明我一无是处，不值得以身相许。并且我是生活在别的地方，它不通往一般的幸福，也许我该热爱这种幸福，可太晚了。这种晚是决定性的，至于原因，我保守的是秘密。当然，我还是相信我说的这些，我生活在我设计跟扮演的角色中。因此毫不足奇，我的伙伴们也开始热情地扮演起来。我女友中那些最敏感的努力想要理解我，她的努力使得她愁肠寸断，然后委身于我。别的那些满意地看到我尊重游戏规则，因为我在具体行动前会委婉说话，也毫不拖延，迅速走向现实。我赢了，并且是双重的胜利，因为除了我对她们的欲望，我还每次都通过检验我的魅力满足了我的自恋。

这一切是如此真实，某些女人尽管给我的只是一些粗俗的快乐，我却努力在日渐疏远地跟她们重修旧好，这当然是因为不在一起并突然恢复导致的默契带来的独特的欲望，同时，这也是为了证明我们之间的关系一直是维持着的，并且这种关系的加强完全取决于我。很多时候，我甚至让她们发誓不再属于别的男人，只为了一劳永逸平息我内心的不安。这种不安跟心灵还有想象无关。有一种奢望强烈地在我身上展现，我居然能不顾事实，无法想象一个曾委身于我的女人还能属于其他男人。我让她们对我立下誓言，而正是这种誓言约束住了她们，从而使我得到了解放。正因为她们不会属于任何人了，我才可以下决心断绝和她们的关系，要不我一辈子也没法做到。这样一来，对她们的检验从此完成，而我的权利得到了长久保障。不觉得奇怪？可就是这样，我最亲爱的同胞。一些男人喊："爱我吧！"另一些则喊："别爱我！"只有那些最坏、最卑劣的男人才会说："别爱我，但要忠于我！"

很可惜的是验证没法一劳永逸，每当有新人出现又得重新开始。不过重新开始的次数多了，人们也就习以为常了。说出口的话完全不需要预先构思，脱口就来。然后就是这样的反应——有那么一天，会处于占有却没有真正的欲望的境况。请相信我好了，对某些人来说，不占有自己没有欲望的东西，是这世上最难做到的事情。

刚好这就是某天发生过的事情，我不会告诉您她是谁，只说她以一种萎靡、贪婪的气质吸引住了我，但还不至于到让我躁动的地步。说实话吧，这事其实很平庸，早就在预料中了。但我从不会惹上麻烦，我很快就将她置之脑后，不再跟她见面，我认为她完全没有察觉到，我甚至都没想到过她会有什么自己的看法。再说了，她那种颓废的情绪让她在我眼里显得与众不同。在几个星期后，我无意中得知她向第三者泄漏了我的缺点。我马上有了受骗的感觉，看来她根本不像我看到的那样萎靡不振，她的判断力很好。对此，我的态度是置之一笑。我还真笑了起来，我很清楚，这件意外之事不是那么重要。如果有这样一个领域，在这个领域里，谦逊成为标准，那么性欲和它带来的一切不正是这样一个领域吗？也不完全对，即使是在孤独之中，也是双方争着要占便宜。尽管我把肩耸了耸，但实际上我是如何应对的呢？在不久后，我再一次见到了这个女人，为了引诱她，我做了应该做的事，再一次真正占有了她。这不难——因为她们也不甘愿失败。

从这时开始，我也不清楚自己是不是想要那样做，但事实上我开始了对她的百般羞辱：我抛弃了她，然后再得到她，我强迫她在不合适的地点和时刻委身于我，我在每个方面都粗暴对待她。但最后我却倾心于了她，就跟我想象的狱卒跟囚徒的关系一样。直到有一天，在一阵痛苦、压抑和狂乱的快乐中，她高声颂扬奴役她的一切。从那天开始，我逐渐疏远了她，慢慢地，我忘掉了她。

您一直都在沉默，但我还是赞同您的看法，这是一场不太光彩的艳遇。但想想您的生活，我亲爱的同胞！发掘一下您的记忆，很可能您会发现类似的故事，您以后会讲给我听的。至于我吗，我想起这件事时还会发笑。但这种笑不一样，这种笑很像我在艺术大桥上听到的那种。我笑的是我的话和辩护词，比笑我对女人说的话还要厉害地笑我的辩护词。对她们，至少我很少撒谎。在我的表现中，本能说话是清楚的，不会拐弯抹角。爱的举动，比如说，就是一种供词吧，其中自私在大喊大叫，明目张胆，虚荣昭然若揭，要不真正的仁慈也在其中显现了。最后，在这个令人遗憾的故事中，和我的其他故事比，我要比自己认为的还要直率，我告诉了她我是谁，靠什么生活。不论外表，我在私生活里，尤其是当我像我跟您说的那样做人时，这要比我在论及无罪和正义时表现出的职业感的奔放更该得到尊敬。至少我的为人显现了，我本能弄错我的天性。没有一个人在寻欢作乐中是虚伪的，我这是读到还是自己想到的呢？亲爱的同胞！

在我考虑跟一个女人彻底分手遇到困难时，这种困难使得我同时有着那么多的关系，我不会谴责我心中的温情。当我的一个女友等待情欲的辉煌胜利等得厌烦了，谈起分手时，并非温情让我有所行动。我会马上前进，后退，变得口若悬河。我努力在她们身上唤起柔情和甜蜜的柔肠，而我所感到的也仅仅是一种表面现象，我只是为这一拒绝所激动，也为可能失去的感情而不安。有些时候，我认为我确实感到痛苦了，真是这样！但，只要那个不听话的女人走了，就能让我轻松忘记她，如同她在我身边，而她决定还会再来的时候，我忘掉她一样。不对，每当我遭遇被抛弃危险时，唤醒我的不是爱情，也不是仁慈，而是希望被爱，得到我认为是属于我的东西。我一旦被人爱上，而我的相好又被我忘了，我就高兴，就舒服，就变得讨人喜欢。

一定要记住，这种感情一旦被我重新拥有，我就能感到它的沉重。在我发火时，我就想理想的出路很可能是为我感兴趣的人去死。一方面，死了就能固定下来我们的关系，另一方面，也会解脱她身上的束缚。可是，人们不能希望所有人都去死，不管怎样，也不能为了享受一种非如此不可的幻想的自由，而让地球上的人类灭绝。我的感觉反对这样，我对人的爱也反对这样。

当一切都顺利时，当人们在给我安宁的同时，又给我刚刚离开一个女人的床，就跟另一个女人更温柔、更快活地来去的自由，这时候，我在这些艳遇中体验到的唯一深刻的情感是感激之情，就像我把我刚欠下的其中一个女人的债，扩展到其他女人身上去一样。另外，我的情感不论看起来怎样混乱，我所获得的结果都是明确的——我把我周围所有的爱情都维持了下来，以便可以随时使用。我承认，我能够生活的唯一前提是——在地球上，所有人，或者尽可能多的人，都转向我。他们永远是无人占有的、是没有独立生活、随时准备回应我在任何时候的召唤，对没有结果毫无怨言，直到我屈尊，并以我的光辉恩赐他们的那一天。总而言之，为了我的幸福，我选出的人就该停止自己的生活。他们就该越来越只是依靠我的兴致生活。

啊！您一定要相信，在我向您讲述我的这些的时候，我一点都没有满意的感觉。我想到那段时间，我要求一切，而自己却一点都没有付出，我动员了那么多人为我服务，在某种意义上，我把他们置放在了冰箱里，只为了我能在某天想起来了可以顺手取出，方便使用。这时候，我不知道该怎样表述那种涌向我心头的奇妙的感情。会不会羞耻？告诉我，亲爱的同胞，羞耻不是有点灼人吗？难道不是？那么也许就是它，或者是那些跟名誉有关的可笑情感中的一种。别责备我离题万里，责备我在这胡乱杜撰，希望您能公正地对待我的杜撰，反正我觉得自从自己在记忆中发现这次艳遇后，这种情感就再也没离开过我，我也不能继续延宕下去不讲出来了。

看，雨停了！谢谢您陪我回家。我现在很累，真奇怪，不是因为说话多了，而是因为想到了我还要讲的那些事。好吧！要是讲我的基本发言，几句话就够了。为什么要说这么多呢？为了让这座雕像所有的细节都呈现出来，就该去掉所有华丽的外表。

事情是这样的。

那天晚上，是在十一月，在我听到背后发出笑声的夜里的两三年前，我到了左岸，经过王家大桥回家路上。半夜一点左右下起了小雨，最好还是说毛毛雨，路上没有几个行人。我那时刚离开我的一个女友，当时她一定已经睡着了。我正兴致勃勃地走着，浑身舒坦，血液在身体内平缓地流动，就跟正在下的毛毛雨一样。到了桥上，我从一位俯身在桥栏杆上的人身边走过，那人的样子像是在看河里的流水。直到走到跟前，我才发现那是个腰身纤细的女人，穿着一身黑色的衣服。在深色的头发和大衣领之间，她的后脖颈湿润新鲜，对此我一向都很敏感。但我在犹豫了一下后，还是继续朝前走。过了桥头，走上滨河路，我朝着圣米歇尔走去，我就住在那里。走出去约有50米的距离，我听到了身体跳进水中的声响，尽管隔得有些远，但在那样的深夜，传来的声音显得格外巨大。我立刻站住，但没有回头。几乎在同时，我听到了呼叫声，连续好几声，声音顺流而下，接着便戛然而止。夜色顿时变得凝重起来，我感觉到随之而来的寂静漫无边际。我想跑，但动不了。我因为寒冷和惊吓而瑟瑟发抖。在我意识到需要尽快开始行动时，却被一种难以抗拒的软弱控制了身体。我不记得当时想到了什么，“太晚了，还太远……”反正就是诸如此类的吧。

我就那样倾听着，一动不动。最后，我迈开小步子，冒着雨走了。这件事我从没对任何人说过。

到了，这就是我住的地方，我的隐蔽所。明天？好，只要您愿意。我很乐意带您去玛尔肯岛，您能看到须德海。十一点在墨西哥城见。什么？您说的是哪个女人？啊！我不太清楚，真的，我不知道。第二天之后我就再也没读过报纸了。

第四天

于是，人们为了自己不被审判，就急匆匆去审判他人。有什么办法呢？人类最天然的念头，天真地出现的，来自他本性最深处的，就是自己的无辜。

这个小村子像不像一个玩偶？但不乏秀丽。不过带您来这里可不是为了看风景，我亲爱的朋友。这里谁都可以让您欣赏到女人的帽子，木套鞋，在装饰过的屋子里，渔夫们在木器蜡的气味里抽着上等的烟草。不是，我这样的人不是很多，但能对您指出这个地方的重要性来。

现在我们到了堤坝上了。沿着堤坝，可以尽可能远地离开这些过于美丽的房子。在这坐坐吧，请——您看看，难道还不是吗？这就是最美的否定之景！那边，就在左边，那里的那堆灰烬被人们称之为沙丘；在右边，就是那里，灰色的长堤脚下是苍白的海滩；朝前看，大海的颜色就跟清淡的洗衣水似的，天空反射着灰白的水光。这的确是一个毫无生气的地狱！所有一切都是水平的，没有色彩，天地都没有色彩，生命都死了。这难道还不能说是普遍消亡、是刺眼的虚无吗？尤其是没有人！只有您和我站在这样一个终于荒芜了的世界面前！天空上有生命？哦，您说得很对，亲爱的朋友。它开始变厚，然后稀薄，打开的是空气的阶梯，关上的是云的大门。那些是鸽子。您注意到没，在荷兰，天空中塞了几百万只鸽子，在它们飞到很高的天空时，就会消失踪影，它们扇动翅膀，上下翻飞，灰色的羽毛塞满了天空，很像是一排排宽阔的波浪随风起伏。鸽子在空中等着，一年年等着。它们在大地上空盘旋、观望，想要落下来。但除了大海、运河、被招牌铺满的屋顶，就什么也没有，都没有一个可以落脚的脑袋[①]。

您说您没明白我说的意思？好吧，我承认我累了，我开始语无伦次，那种朋友们很愿意表示钦佩的清晰的思想现在没有了。我说朋友们，当然，这是从原则上讲。我并没有什么朋友，我有的只是同谋。作为补偿，他们的数量在不断增加，他们也是人。在人类中，您是第一个。在这里的总是第一个。我怎么知道我没朋友的？很简单呀！一天我发现了这点。那天，为了开玩笑，也有点为了惩罚他们，我想要自杀。可惩罚谁呢？有人会惊讶，但没人会觉得被惩罚了。这样我明白了我没有朋友，就算是有，也于事无补。要是我能自杀，然后还能见到他们的话，自杀倒也不错。可是，大地是黑的，木头又太厚，寿衣也不是透明的。灵魂的眼睛，是呀，当然，要是有灵魂的话，假如灵魂还有眼睛！但问题就在这，谁也没把握，从来就没有。要不早就有了出路，就能让人认真对待自己了。只有您死了，才能让人相信您的理智、真诚和您的痛苦是沉重的。只要一息尚存，您就会被质疑，也只能得到质疑。那么，只要确信可以看到那种场面，就很值得向他们证明他们不相信的东西了，让他们大吃一惊。不过呢，您自杀了，他们相不相信又有什么用？您根本看不到他们的惊讶和悔恨，更何况这样的悔恨还是短暂的，您总不能根据每个人都有的梦想参加自己的葬礼是吧。为了避免不再被怀疑，最好的办法就是不要继续活着，这才是唯一确定的。

再说，这样不是更好吗？他们的冷漠让我们感到痛苦。“你要为我付出代价！”一个姑娘这样对自己父亲说，父亲不许她跟一个过分讲究的求婚者结婚，于是她就自杀了。但那个父亲根本没有为此付出代价。

---

① 指鸽子可以歇息的圣像。

他很喜欢用甩钩钓鱼。三个星期后，他下河了，说是完全忘了那事。他算得很准，他的确忘了。实话说吧，假如是反过来，那才奇怪。人们以为自己死是为了惩罚老婆，反倒是给了她自由，还是别看到这类事的好。还不要说有可能听到人们为您的行为提供各种理由。关于我的，我听到了："他自杀是因为他受不了……"啊！亲爱的朋友，看看，人是多么不善于虚构呀！他们总是以为人只是为了一个理由自杀的，其实，自杀完全可以有两个理由。不对，他们不懂得这点。那么，自愿去死还有什么用？为自己愿意有的有关自己的看法去死值得吗？您死了，他们会加以利用，为您的行为赋予一些愚蠢、庸俗的动机。亲爱的朋友，殉道者应当在被遗忘和被取笑，或者被利用之间做选择，至于理解，绝不可能。

现在我们开门见山来说吧，我热爱生活，这是我唯一的弱点。我对生活的爱是这样强烈，除此之外我毫无想象力。这样的渴望是不是有点平民味？贵族总是能稍微离开本人，离开本人的生活来想象一下自己的。需要死的时候去死，宁折不屈。我不一样，我弯曲，因为我一直都爱自己。喂，我跟您说这些，您觉得我怎么了？厌恶是吗？哪里，主要是厌恶我。一定是，我知道自己的问题，我对此很遗憾。但我们还是忘掉了的好，那种顽强很值得赞扬。跟这相反，针对他人的诉讼却不停地在我心里进行。这一定让您不快了是吧？你大概想这太不合逻辑是吧？但问题不在于是不是合乎逻辑，问题在于总是从中间滑过去，尤其是，嗽！对了，问题是在于如何逃避审判。我不说逃避惩罚，因为不经审判的惩罚是可以忍受的。何况，有一个词可以保证我们的无辜——不幸。不，相反，问题在于中止审判，避免总是受到审判而总是不宣判。

可中止谈何容易。今天，我们随时都准备进行审判，正如随时都准备着去通奸一样。至于过失的差别，无须担心。要是您对此表示怀疑，那就请您在八月那时留神听听海滨餐桌上的言谈好了，我们那些仁慈的同胞们总是到那儿去治疗自己的厌倦。对此您要是还心存怀疑，那就请读读我们那些时髦的大人物写的东西好了，要不就观察一下您自己的家庭，那样您就会明白我说的了。亲爱的朋友，我们可别给他们借口来审判我们，一点都不能给！否则，我们就会粉身碎骨。我们被迫跟驯兽师一样谨慎。要是驯兽师在进到兽笼前不幸被剃刀刮伤了脸，对笼子里的野兽来说，那可是一顿丰盛的美餐！有一天，我怀疑自己是不是并不值得被钦佩，我恍然大悟了，从此，我就变得疑神疑鬼。既然我已经流了一点血，那我就会全部流光，让它们蚕食我好了。

跟我同时代的人看起来关系也是如此，只是变得更微妙得不能协调。我的朋友们没变。只要有机会，他们总是会吹嘘什么在我身边感到安全、和谐。但我却只感到了不协调跟浑身的混乱，我觉得自己有很多弱点，并被公众控告因而暴露了出来。在我看来，我的同类不再是我习惯了的那种毕恭毕敬的听众。那个以我为中心的圈子破裂了，他们站成一排，像是在法庭上那样。自从我醒悟到了我身上有可以被审判的地方后，我就明白了，在他们身上有一种不可抵抗的、审判别人的倾向。是的，他们还在那里，还在那里一如既往地笑着。不如说是我觉得他们每个人都在看我笑话。那段日子里，我都觉得人们是在故意给我设置障碍。实际上，有几次我去公共场合，就不明不白绊到了脚，有一次还因此跌倒了。作为笛卡尔主义信徒的法国人，我立即让自己镇静下来，并将这一切都归咎于唯一能说通的神意，我想说偶然性。但管它的，我照旧是满腹狐疑。

我的警觉被唤醒后，就不难发现敌人的存在。首先是在我的职业中，其次就是在我的社交生活里。对一些人我是在施恩，对另一些我是被迫施恩。这一切都是自然而然的，我即使是知道了也不会感到伤感。但对于我，最痛苦、最难的是发现在那些我不太熟悉，或者根本不认识的人中间有敌视我的人。我一向都是心怀我已经对您证明过好几次的淳朴之心想，要是这些我不认识的人跟我交往，一定会不由自主爱上我。但实际情况恰恰相反！尤其是在那些只是远远看见过我，而我根本不认识的人中间，我感受到了强烈的敌意。他们很显然是对我充实的生活，能自由沉浸在幸福中感到无法忍受和不可饶恕。成功的神气，一旦被以某种方式表现出来时，就会使驴子发怒。再说我的生活满得都要爆炸了，由于没有时间，多次回绝了一些人的阿谀。基于同样的原因，我也很快就忘了我对他们的回绝。然而，这些阿谀奉承是那些生活不充实的人做出的，他们当然也会基于同样的理由，记住了我的回绝。

这样计算下来，女人就让我付出了代价。暂且举一个例子吧。我用在她们身上的时间，无法再给予男人们，而男人们不会总能原谅我。我该怎么办呢？只有您同意跟他们分享时，他们才会谅解您的幸福跟成功。只是，为了自己的幸福，就不应该太多顾忌他人。至此，我的出路被堵塞住了。要么因为幸福而被审判，或者被免于起诉而悲惨。在我，所受到的不公则更加严重——因为过于幸福，我被判处有罪。我这样长期生活在一片和谐的幻觉里，真是满面春风，无所操心，从四面八方而来的审判、利箭跟嘲笑都在遇到我后消融。自我警觉的那天起，我就清醒了，也同时遍体鳞伤，失去了力量。于是，在我周围，普天下的人都开始嘲笑起我来。

这是任何人（除了那些不在生活里的人，我是说智者）都无法忍受的。而那唯一能用来护身的武器却在邪恶之中。于是，人们为了自己不被审判，就急匆匆去审判他人。有什么办法呢？人类最天然的念头，天真地出现的，来自他本性最深处的，就是自己的无辜。依据这一观点，我们每个人都像那个小法国人，在布森瓦尔德① 执意要向文书提交一份申请。而文书本人也是俘虏，由他登记他的到来。一份申请？文书和他的伙伴都笑了："没用的老兄，这里的人都不提交申请。""可问题是，先生，"那个小法国人说，"我的情况很特殊，我是无辜的！"

我们都是有特殊情况的。我们都求救于某种事情。每个人都宣称自

① 布森瓦尔德，德国魏玛附近的一个集中营。设立于1937年，死于其中的人超过5万，1945年4月被美军解放。

己是无辜的，不惜一切代价，甚至为此而指控人类和上帝。您要是恭维某人说他为了变得聪明和仁慈而努力，这仅仅能让他高兴。相反，要是您欣赏他天性仁慈，那他就会心花怒放。反之，如果您对一个罪犯说，不是天性，也不是性格，而是环境使得他犯罪，他会发疯似的感激您，在辩护中，他甚至会选择在这一刻流泪。然而，正直与聪明都没有与生俱来的价值，正如人们因为天性犯罪，一定不会比出于环境原因犯罪负有更多罪责一样。但是，骗子总是希望得到赦免，也就是免于负责，他们会肆无忌惮地为天性辩护，要不就以环境为借口，尽管两者相互冲突。最根本的一点就是他们都是无辜的，他们的品德是一生下来就具备的，因此不该受到怀疑，他们的过失不过是瞬间的不幸，永远都是暂时的。记得我跟您说过，问题在于中止审判。因为很难中止，很难让人既钦佩又原谅它的本质，人们因此都没法致富。原因？您问过自己吗？当然是权力了。尤其是，财富使人免于马上受到审判，把您从地铁里的人群中解救出来，关进镀镍的汽车，让您处在宽敞的花园里，要不就是卧铺车厢，豪华办公室。亲爱的朋友，财富其实就是假释，这已经是缓刑了，得到它总比没有要好……

有一点需要对您强调的，那就是当您的朋友们要求您真诚对待他们时，千万别相信他们。他们只是想要您把他们看成他们自以为是的那种样子，希望您向他们提供一种补充的确定性，而这种确定性是他们从您对真诚的保证中汲取的。真诚怎么能成为友谊的一个先决条件呢？不惜代价去追求真相这种爱好，是一种什么也不放过，什么也抵抗不了的情欲。这是罪，有时是舒坦，或者则是自私。因此，要是您正处在这种情况下，不要犹豫，要答应说真话，尽量圆满地撒谎。您就这样回答他们的深切期望，向他们双倍证明您的情感。

我一般很少信任那些比我们好的人，这可太真实了。我们宁愿不跟他们来往。相反的是，对那些和我们相似，以及跟我们有着相同缺点的人，我们会经常吐露心迹。由此看来，我们从不希望改掉我们的弱点，也不希望变得更好，我们大概首先应该被判犯了错误。我们只想在道路上被怜悯和鼓励。一句话，我们不希望不再有罪，同时对自己的纯洁不做努力。不要过多的无耻，也不要过多的道德。我们无力作恶，也无力为善。您知道但丁这个人吗？是吗？见鬼了。那您应该知道但丁在上帝与撒旦的争执中接受了中立的天使。他把他们置于不确定的地位上了，那是在他的地狱的某个前厅里。亲爱的朋友，我们正是在这个前厅里。

对，您说的也许是对的，耐心。我们应该有耐心等着末日审判。可您看看，我们有多急迫，急迫得我不得不当了法官——忏悔者。然而，我首先得跟我的发现保持一致，要跟我的同时代人的讪笑做个了结。打从我被召唤那天，因为我确实是被召唤了，我就不得不回答，至少要找到答案。那很不容易，为此我长时间地徘徊不定。首先，这笑声和发笑的人应该教会我对自己看得更清，教会我发现自己并不是独一无二的。别笑，这事实并不像它所表现的那样原始。人们把那些在其他事实前发现的事实称为元事实，仅此而已。

反正在对自己长期研究后，我就开始把人类的深刻的双重性大白于天下了。我在记忆中搜寻后，终于明白了，虚心使我闪光，谦卑使我得胜，德行辅助我压迫。我通过和平手段发动战争，最后通过无私的手段得到我所觊觎的一切。举个例子，我从不抱怨人家忘了我的生日——人家甚至怀有钦佩之情对我关于此事的缄默感到惊讶。但是，我的无私的原因却更加不能引人注目——我想被人忘记，以便于我能自怨自艾。那可是我熟悉、感到荣光的日子之一，就在几天前，我就开始戒备了，不泄露任何事情，以免引起我期待着犯错的那些人的注意，并唤醒了他们的回忆（有一天我不是企图造一份日历吗）。由于我很好地显示了孤独，这才能沉溺于一种雄伟的忧郁之魅力中。这样一来，我所具有的德行，就有了一个不那么威严的背面。从另一种意义上说，我的缺点转而对我有利了，这是真的。比方我被迫掩盖我生活的罪恶一面，使我能装出一副冷淡——人们常常把它与德行混同的神气，正是我的冷漠使人爱我，我的自私在我的慷慨大度中抵达顶点。我停下来吧！太多的类比会妨害我的证明。什么！我是装作铁石心肠，我不能拒绝奉献给我的一杯酒和一个女人！我被视为活跃的、有力的，我的王国是我的床。我高声喊我的忠实，我认为，我没有爱过一个人，也没有背叛过。当然了，我的背叛并不会影响我的忠实。正因为萎靡不振我才完成了一项艰巨的工作，因为发现了乐趣而不断帮助了我的那些邻人们。我徒劳地说这些显而易见的事，只是想要从中得到不关痛痒的慰藉。在某些早晨，我审理案子直到结束，我得出结论，我精于蔑视。那些我最经常帮助的人，正是我最轻蔑的人。彬彬有礼地、怀着充满激情的友爱，我每天都往所有人脸上吐唾沫。

坦率地讲，这有理由辩解吗？有一个，但是很卑鄙，我不能考虑利用。不管怎样，理由是这样的：我从没有真心相信过人类的事务是可以严肃对待的。严肃在哪，它并不存在于我所见到的一切事物中，除此之外我不知道我还有什么，我只是觉得我见到的事物都像是游戏，要不就让人不开心，要不就让人讨厌。那种我永远也无法理解的努力和信念的确有。我总是以一种惊奇的、略带怀疑的神情看着那些奇怪的人为了金钱死掉，因为失去了某种"地位"而绝望，要不就为了家族的兴旺而正气凛然地献身。我更能理解我的那位朋友，他带头戒烟，并靠着意志力成功了。一天清晨，当他打开报纸，读到第一颗氢弹爆炸，知道了它值得钦佩的威力，就马上走进一家烟店。

这里没有任何疑问，有时我装作严肃地对待生活。但，严肃本身的轻佻很快就会显现，我不过是尽可能好点去继续扮演我的角色。我装作能干、聪明、讲道德、富于公民心、愤怒、宽容、友爱、耐心善诱……好吧好吧，我就此打住，总之一句话，您看来已经明白了，我像那些荷兰人，他们既在那里，又不在那里。我不在，同时又占据了最大一个位置。只有在运动时，或在团队里为了取乐而演的一出戏中扮演一个角色时，我才是真诚和热情的。在这两种情况下，存在一种游戏的规则，它并不严肃，但人们愿意把它看作是严肃的来寻开心。现在还是如此，在一个因为星期天的比赛而挤得满满的体育场，在一个我总是为之充满热情的剧场里，这是这世上仅有的，我在其中感到自己是清白无辜的地方。

但是，在事关爱情、死亡、穷人的收入时，谁还会承认这种态度的合法性呢？可怎么办呢？我只在小说或者舞台上才能想象得出绮瑟[1]的爱情。我认为即将死亡的人很多时候是深入到了自己的角色里去了。而且我也认为，我的那些穷主顾的辩解都是出自同一份稿子。从此，我因为生活在人们中间而不认同他们的利益，因此没法相信自己承担的那些义务的可信性。我的礼貌、懒散，足够回答他们在职业、家庭、公民生活中对我的期待，但有一次，我因为心不在焉最终弄砸了一切。我最重大的行动经常是我很少参与的那些行动，我在双重的氛围下过着我的全部生活。我最无法原谅自己的，让我变得更加愚蠢的，不正是这吗？它使得我疯狂地去对抗着正在我身上和我周围进行着的、迫使我不得不寻求出路的审判。

我的生活在一段时间里看上去毫无变化。我沿着既定道路往前走。不知道是不是出于巧合，对我的赞誉越来越多。但灾难恰恰是在此。您请记住："当所有人都说您的好话时，那您也就离倒霉不远了！"啊！这个人说的真是至理名言！是的，我开始倒霉了！机器于是开始不听话，莫名其妙地走走停停。

就是在这个时候，死的念头闯入我的生活里。我开始计算距离末日的时间，开始寻找那些和我同龄的死去了的人。我将会没有时间完成我的使命，这样的念头折磨我。但是什么使命呢？对此我一无所知。坦白说，我的所作所为值得继续吗？最不确切的正是这一点。事实上一个可笑的恐惧一直追逐着我——人不能不招供他所有说过的谎言就死去。不

---

① 法国中世纪传奇小说《特里斯丹和绮瑟》中的女主角，后人把她看作是痴情的典型。

是对上帝，也不是对他的代表，我超然在上，您想得到的。不是，不是向人招供，比如向一个朋友，要不就是一个所爱的女人。否则，只要有一个谎言被隐瞒了，死就会使这个谎言变得不可更改。既然唯一知道它的存在的人长眠于他的这个秘密上，其他人就不可能知道事情的真相了。想到一个真相会这样被戕杀掉了，我就头晕目眩。今天我想顺带着说一句，它更是给我一些微妙的快感。比如，想到只有我自己知道所有人都想要了解的那件事，想到我占有一件使得三个警察局都为之疲于奔命的东西，简直就是妙不可言。但我们还是不要说这个吧。当时，我就是找不到办法，那使我痛苦不堪。

不过我也没有真的束手无策。在这么多人构成的历史里，一个人的一个谎言又算什么！企图把仿佛大海里的一根针似的、一个卑鄙无耻的谎言带到真相的光明中，这该是多大的一种奢望！我也想到了，人的躯体的死亡，如果依据我的所见所闻来做出判断的话，其本身就是一种足够严厉的惩罚，它足以饶恕一切。人们通过垂死挣扎的汗水得到了拯救（也就是获得了彻底消失的权利）。但它阻止不了不安的加重，死亡在我枕畔不愿离去，跟随我一道起床，恭维变得越来越难以忍受。就像是谎言与恭维彼此形影不离，太过分了，使得我永远也没法了结这笔账。

终于，我支持不住的那天到来了。我的第一反应就是混乱。既然我是那个说谎者，我就要将之公布于世，在那些笨蛋还没有发现我的双重性前，朝着他们劈头盖脸扔过去。既然我已经启动坦白，我就要回应挑战。对于众人可能的嘲笑，我设想自己陷入铺天盖地的讥嘲里。一句话，问题在于中止审判。我想要把那些嘲笑我的人拉到我身边来，要不我自己就站到他们身边去。比如说吧，我打算去大街上对人们横冲直撞，通过我感受到的阴暗的、出乎意料的快乐，我发现我的灵魂中对他人的憎恶到了如此的程度：我琢磨着怎样扎破残疾人的小车的车胎；到那些建筑工人干活的脚手架下大喊“肮脏的穷鬼们”；跑到地铁里扇那些婴儿的耳光……我想过很多，但没一件真正付诸过实践。总之是正义这个词使我落入奇怪的狂怒里。我没法在辩护中回避这个词。但我通过公然羞辱人类精神来化解我心头的恨。我宣布，将会发布一份宣言，揭露被压迫者对正人君子的压迫。某一天，当我正在一家饭馆吃龙虾时，一个乞丐缠住我，我叫来老板赶走了他，为这个伸张正义的人说的那番话鼓掌："您打扰了别人，"他说，"换您处在这些女士先生们的位置上试试！"而我则对每一个愿意听的人说，很遗憾，我再也不能像我曾钦佩其性格的俄罗斯地主那样干——他命令人同时鞭打向他行礼的农民跟不向他行礼的农民，来惩罚他认为在这两种情况下均属冒犯的放肆。

我想起了还有另一种更严重的放肆。我开始写《颂歌献给警察》还有《铡刀歌》。尤其是我必须要按时去那些专门的咖啡馆，在那里聚集着我们的职业人文主义者。我良好的经历让我在那里很自然就受到欢迎。在那里，我随口说了句粗话："感谢上帝……"或者更简单的："我的上帝……"您知道的，我们的那些咖啡馆无神论者都是些有多懦弱的领圣体者。我说出这句粗话后，引起了一阵惊愕，他们都面面相觑，一个个呆若木鸡，然后就是一阵大乱，一些人从咖啡馆里逃出去了，一些人则义愤填膺，什么也不听，就是嗷嗷大叫，所有人都因为痉挛而扭曲了身子，就像是圣水里的魔鬼。

您当然应该认为这是幼稚可笑的。但也许这些玩笑中有一个非常严肃的理由。我打算搅乱这场游戏，特别是，对了，破坏那个被美化了的声誉，每次想到它我就怒不可遏。"一个像您一样的人……"人们很亲切地对我说，但我的脸已经白了，我可不想要他们的尊重，因为它并不具有普遍性，可它怎么能具备普遍性呢，既然我不能与人共享？那最好是把他们，把审判与尊敬全都覆盖起来，用一件可笑的外衣。我会想方设法消除这个让我窒息的情感。为了把肚子里的东西暴露在众目睽睽之下，我想把我这具到处招摇的漂亮的人体模型敲碎了。于是我又想起了一次谈话，是我原本就该跟年轻的见习律师进行的一次谈话。那位给我作介绍的首席律师完全不着边际的溢美之辞让我恼火，让我再也坐不住了。于是，我满怀人们期待我的、我也毫无困难就能按照要求交付的奔放与激情开始了。但我出乎意料劝他们把大杂烩用作辩护的方法。我说，不是那种现代宗教裁判所使之完善的大杂烩，这种大杂烩既审判小偷，也审判老实人，而用前者的罪来制服后者，并且通过使老实人的罪行成立来为窃贼辩护，说具体点，就是依靠的律师。对这点，我说得不能再清楚了。

“现在假定，我接受了为一个可怜的公民辩护，他因为妒忌杀了一个人。我会这样说，法官先生们，当一个人在看到自己天性里的善良正在被狡猾的性欲考验时，请充分考虑到他生出愤怒时可以得到宽恕的那些因素。相反，处于栏杆的这一边，在我自己的椅子上，我可从来没有过善良，也从没受到过欺骗，这不是很严重吗？我是自由的，你们的严苛我能幸免了，然而我是怎样的人呢？说到骄傲，我是太阳国的公民，我是一个色情狂，一个正在震怒中的法老，一个懒散的国王。我没杀过一个人吗？当然没有！我没有让一些有功的人死去吗？很可能吧。我很可能准备了再干一次。而这个人，看看吧，他不再干了。他还因为努力工作过而感到惊讶呢。”

我这番话在我的那些年轻的同事中引起了一点点骚动。一会儿后，他们认为应该一笑了之。在我做出结论时，雄辩地援引了人类及其假定的权利，他们因此放心了。那一天，习惯再一次取得了胜利。

我重复这些可爱的胡闹，只是想让舆论丢脸。我并不想解除舆论的武装，更不是想要解除我自己的武装。我所见到的听众的普遍的惊愕，他们有些回避的窘迫，很像您表现出的这种——不，请别抗议——根本没有给我带来平静。您看，如果我不是一只纯洁的羔羊的话，为了证明自己是无辜的，认罪是远远不够的。应该采取某种认罪的方式，为此我花费了很多时间与精力来制订这套方式，在我陷入最彻底的弃绝之前，我还没发现它。直到那时，笑声继续在我周围回响，我的努力杂乱不堪，根本没有能除掉其中的善意和差不多还算是亲切的成分，这些都让我难受。

我感觉涨潮了。白日将尽，我们的船再也不能耽搁。看，鸽子积聚在天空里，相互紧挨着，几乎一动不动，天色越来越暗了。你是否愿意我们不说话来品味这一相当险恶的时刻吗？不，我让您感兴趣了？您可真够诚实。再说了，我现在有让您真正感兴趣的危险了。在我解释关于法官——忏悔者的看法之前，我会先跟您谈谈放荡与难受。

第五天

爱上一只鹦鹉，我却不得不跟一条蛇睡觉。于是我去别的地方寻找书本上才有的、在生活中从未遇到过的爱情。

不对，亲爱的，船现在走得很好。须德海就是一个死海，要不就是差不多是个死海。它的海岸是平直的，消失在了雾中，无法确定始于哪里，止于何处，因此我们的航行完全没有参照物，无法计算速度。但我们在前进，一切却都没有变化——这不是航行，这是做梦。

在希腊半岛，我有过完全相反的印象。新的岛屿不断出现在海平面上。没有树木的山梁描绘着天际，曲折的海岸清晰地呈现在海上，一点都不会混淆不清。在明朗的天光下，有着那么多可作为参考的对象。日日夜夜，我站在小船上，一座座岛屿在我的眼中掠过，在飞溅的水花和四起的欢笑声中，小船轻轻挪动，我却感觉是跃上了那短促清凉的海浪之巅。从此，希腊就在我身体里的某处飘动，在我记忆的边缘，不知疲倦……嗨！我也在那儿漂动，我变得抒情了！让我打住吧，亲爱的，求求您。

顺便问一句，您了解希腊吗？不了解吗？那好！请问我在那干吗？在那里应该有一颗纯洁的心。您知道，在那里，朋友们成双成对在街上散步，手拉着手。当然，女人们是待在家里的，人们可以看见一些人，然后成熟，变得可敬，留下小胡子，步态显得庄严地走在人行道上，拉着朋友的手。在东方有时候也这样吗？这我还不清楚。但请告诉我，在巴黎的街上，您会拉住我的手吗？这是笑谈。我们讲究仪态，然后污垢却掩饰我们。我们去希腊的岛上前，真应该好好清洗一下。那儿的空气是贞洁的，大海还有娱乐是明朗的。可我们……

就让我们坐在这横渡大西洋的航船上吧。哎呀，雾真大！我感觉到我那时正在走向难受的牢房。是的，我会告诉您那是怎样的。在挣扎一番后，我在我耗尽了我的目中无人的神气后，因为徒劳而开始灰心丧气，决定离开人类社会。不，不是的，我没有去寻找无人的荒岛，这早就不复存在了，我只是去栖身于女人身旁。您是知道的，她们的确不会谴责任何弱点，她们更多是侮辱我们的力量并使之丧失战斗力。这就是为什么女人不对战士，而是对罪犯加以奖赏的原因。这是避难所，是落脚处，一般来说，他们都是在女人的床上被逮捕的，难道她们不是大地上的乐园留给我们的唯一东西吗？我狼狈不堪，跑去我天然的避风港。我不再夸夸其谈，我只是由于习惯还在演点戏，不过那也是在穷于杜撰了。我也不清楚是不是该招供，就怕我会再口出秽言，那时候，我真的需要爱情。这有点下流是不是？反正我是感到了一种暗暗的痛苦了，一种让我空虚的匮乏，使得我半被迫、半好奇地承担了义务。既然我需要爱和被爱，那我就认为自己是陷入了爱情里。换种说法吧，我是在装傻。

我经常会为一种提问感到惊讶，这个问题，对于我这样的过来人来说，总是在力图回避。我想问："你爱我吗？"按照惯例，在这样的情形下，该这样回答："你呢？"要是我贸然回答了"是"，那我就承担了超过我的真实情感的义务。但如果我竟敢斗胆回答说"不"，那我就有了不再被爱的危险，我会因此而痛苦万分。我希望得到的越是强烈受到威胁，我就越是要向对方要求它。因此，我被引向越来越明确的许诺，我因此竟然开始向我的心强求一种越来越巨大的感情。就是这样，我被一个迷人的、大惊小怪的女人虚假的热情捕获了，她是一个熟读爱情文章，对爱情十分健谈，并能像一个知识分子宣布无阶级社会那样有信心的女人。这您也知道的，这种信念具有强烈的诱惑力。我也试着谈情说爱过，最后我也深信不疑了。至少，直到她成为我的情妇，到我明白爱情文章都是只教人谈情说爱却不教人如何行动时为止。爱上一只鹦鹉，我却不得不跟一条蛇睡觉。于是我去别的地方寻找书本上才有的、在生活中从未遇到过的爱情。

可惜的是对此我缺乏经验和训练。在排他性爱自己三十余年后，我很难丢掉爱自己这一习惯。而且我也没去想要丢掉，我在爱情上还是那个只想不做的家伙。我仅仅是增加了点许诺。我同时搞了好几次的艳遇，跟我过去同时维持好几起关系没有区别。这样一来，我就累积下来了比在我黄金时代还要多的不幸，当然这是对别人而言。我的鹦鹉在失望之余，想要绝食而死，我跟您说过这事吗？好在我及时从巴黎旅行归来了，忍气吞声地握住她的手，直到她开始认为自己是遇到了从巴黎旅行归来的、两鬓斑白的工程师了，那是她从她最喜欢的一份周刊上读到过的一段描写。但我却离激动差得很远，在所谓永恒的情欲中我得到了宽恕后，这更加增添了我的错误的分量，加倍让我迷失了道路。我也因此对爱情有了一种厌恶，每次听到《玫瑰色的生活》，还有《殉情的绮瑟》，我就会咬牙切齿。为此我想放弃对女人的渴望，而去过一种贞洁的生活。不管怎样，她们的友谊对我已经够了，但这相当于放弃演戏。除了欲望，女人令我厌烦到了无以复加的地步，很显然，我一样令她们厌烦。没有了戏，没有了剧场，我就毫无疑问处身在了真相里。可是真相，亲爱的朋友，是最令人厌倦的。

在对爱情和忠贞感到绝望后，我终于想到了还剩下放荡，它完全足以代替爱情，它能消除讪笑，带回安宁，尤其是它能让人永生。深夜时分，清醒地沉醉到某种程度了，躺在两个姑娘之间，发泄完全部的欲望，希望不再是劳役，您看，精神无时不在，生之痛苦一去不返。在某种意义上，我一直在放荡中生活着，也从没有放弃长生不老的念头。我跟您说的这些，不正是我深刻的本性，以及我对自己伟大的爱的证据吗？是的，我想要长生不老想得快疯了。我太爱自己，无法不去希望我的爱情的宝贵对象，永远也不要消失。在警觉的情形下，或者是在稍微有点清醒的时候，人们是很难看出有什么能够成立的理由，把长生不老恩赐给一只淫荡的猴子的，因此，就该为自己找到替代品。因为我渴望无限期活下去，所以我跟婊子睡觉，通宵达旦狂饮。到了早晨，我嘴里当然会有一股人总有一死的苦涩。只是我能长时间地飞翔，这非常幸福。我敢向您承认吗？我至今仍然能充满柔情地回忆起那几个晚上，我去一家低级酒馆找一个变相的舞女，她对我的宠爱让我感到荣幸，我甚至为了她跟一个吹牛皮的拉皮条的大打出手。每天晚上，在红灯绿酒的极乐之地的尘埃里，我都在柜台前炫耀，像一个被拔掉牙的人一样撒谎，长时间往肚子里灌酒。到了黎明，最后，我倒在我的公主那从来没有收拾过的床上，跟她机械般放纵一番情欲后，酣然入睡。最终阳光还是渐渐照亮了这场灾难，在那光荣的早晨，我起床来，呆立不动。

是的，酒，还有女人，让我们都承认好了，给我提供了我配享用的慰藉。向您透漏一个秘密吧，亲爱的朋友，您可别害怕滥用这个秘密。您将会看到，真正的放荡才是解放，因为它不带来任何义务。在其中，人只拥有他自己，因此它才会是那些爱恋自己的伟大人物最喜欢的选择。它是一座丛林，没有过去，也没有未来，最主要是没有承诺，没有即刻的惩罚，它进行的场所远离众人。人们走了进去，把恐惧如同希望一样扔在了门外。谈话不是必需的，人们寻找的是不用说话就能得到的，是的，甚至都不用经常花钱。啊！请您让我向那些不相识的，那些被遗忘、但帮助过我的女人们致以高度的敬意。今天，依然还是有某种类似尊敬的东西混在我对她们的回忆里。

总之，我肆无忌惮利用这种自由。人们甚至看到过我在一家旅馆里，在人们称之为罪孽的中间纵情声色，我同时跟一个中年妓女，一位上流社会的姑娘一起生活。在前者面前我扮演骑士，好让后者认清某些现实。很不幸，那个妓女有很强的资产阶级天性，打那之后，她同意为一家对现代思想很开放的教会报纸写回忆录。而那位姑娘则结婚了，以满足她脱缰了的本性，使她那杰出的天赋能得到施展。那之后，我也不无自豪地作为平等的一分子被一个经常遭到污蔑的男性团体接纳。但我是滑到那上面去的，您也知道，甚至最聪明的人都会以比邻座多喝一瓶酒为荣。我本来可以最终在安逸的享乐中获得安宁和解脱。只是，我又在安逸的享乐里遇到了一个来自我自身的障碍。我的肝脏突然出毛病，还感到疲倦，严重到至今还对我纠缠不休。人们装作能长生不老，但几个星期后，甚至都不知道能不能活到第二天。

当我放弃我夜生活的荣耀时，这次经验给我的唯一好处是生活对我来说不再那么痛苦了。倦怠吞噬着我的肉体，也在吞噬我内心很多生命的点。任何一种过度的行为都会销蚀你的生命力，同时也能减轻你的痛苦。跟人们一贯的看法不同，放荡毫无狂热之处，它不过是一次休眠。您也需注意到了，对真正痛苦的人，最急迫的事莫过于跟一个认为欺骗了你的女人睡一觉。当然了，他们也愿意再一次相信，他们的宝贝一直都属于自己。就像人们常说的，他们很愿意占有这个宝贝。然后，他们就不再那么嫉妒了。肉体的嫉妒往往是想象的结果，同时也是人们施加于自身的审判。人们会把在同样场合自己也会有的丑陋思想强加在对方身上。幸好，过度的淫乐会削弱人的想象力以及判断力，于是，痛苦就会随着男子汉气概一起安眠，而且睡得一点都不比后者短。一样的道理，青年同他们的最初情妇在一起而失去了先天的不安，并且某些婚姻，也就是那些经过行政权力批准的放荡，变成了大胆和手段单调的柩车。是的，亲爱的朋友，资产阶级的婚姻使得我们国家不守礼仪，很快就来到了死亡之门。

不，我绝没有夸大其词，我只是有点杂乱无章。我想要告诉您，我从这几个月的花天酒地里得到的好处。我生活在迷雾中，笑声也变得喑哑，最终察觉不到。本来在我身上占据了很高地位的冷漠，现在再也没有障碍，从而扩大了它的僵化，不再会激动，只有千篇一律的脾气，要不就根本没有脾气，就像患了肺结核的肺干枯了，也就痊愈了。尽管我的声誉因为辩护词的偏差，受到了很大损害，正常履行职务也受到了不规律生活的影响，但我还是继续在从事我的本行。有意思的是我留意到人们对我夜生活的过度现象，不像对我言语的挑衅那样忌恨。我有时会在辩护中引证上帝，纯粹是口头上的，那样能让我的主顾信任我。他们自然是害怕上天不能像一个在法律条文上无懈可击的律师那样，好照顾他们的利益。从这里到做出结论，也就是我根据我无知的程度援引神明，只有一步之遥。我的主顾注意到这点，逐渐变少了。但我还是在辩护，只是越来越无力。只有那些我忘了自己已经不相信自己说的话了的时刻，我才能又做出很好的辩护。我的声音拖着我，我跟着它，再也不像过去那样真正飞翔，仅仅是略高于地面，我一直都在降落。最后，在行业范围内，我很少见人，只保持着一两个苟延残喘的可有可无的关系，甚至有时候，要不就是毫无兴致熬过一次纯粹友谊的晚会，要不就是忍着厌烦，几乎不去听别人对我在说什么。也就是这样，我胖了，可以相信危机业已结束，但我剩下的唯有衰老。

直到有一天，我邀请一位女友去旅行，我没有告诉她那是为了庆祝我的痊愈。我们在一艘横渡大西洋的轮船上，自然是在最高处的甲板上。突然，我在铁灰色的海面上发现了一个黑点。我即刻掉转目光，心开始怦怦直跳。但在我全神贯注去凝视时，那个黑点却消失了。我正要喊叫，愚蠢地想要呼救，我又看见了它。那原来是从一艘轮船上扔下来的残物。但我看着它心里很难受，想到了那是一个淹死了的人。于是，如同一个人早就知道一个念头的真实含义，可就是对它无动于衷一样，我老老实实明白了，几年前在我背后，就是在塞纳河上回响的呼喊声，被河水带向了海峡，不断地在世界上前进着，越过了大海无边的水域，正在这等着我，直到我遇到它。

我也明白了，它将会继续在所有的大海、河流中等着我，总之在我苦涩的洗礼水所到的任何一处等着我。请告诉我，这里，我们不是在水上吗？不是在平淡、单调、无边无际、其边缘跟大地的边缘合二为一的水面上吗？怎样才能相信我们会抵达阿姆斯特丹呢？我们将永远也走不出这辽阔的圣水盘。您听！听不见那杳无踪迹的大海鸥的鸣叫吗？如果它们是在朝着我们鸣叫，那是在呼唤我们干什么呢？

不过总有一天，还是那些海鸥在鸣叫，但它们已经在大西洋上呼唤过了，那一天，我最终会明白自己已经痊愈，我一直都动弹不了，我得顺应这种情况。光荣的生活已经结束，愤怒与激动也同时结束。现在要做的是屈服和认罪。应该去那难受的牢房内生活——真的，您可不知道地沟里的小牢房，中世纪的人们将其称为难受牢房。这种牢房跟一般牢房的区别在于它巧妙的尺寸。它的高度不足以让一个人站直身子，它的宽度不足以让一个人躺下。你在里面必须要采取侏儒的姿势，沿着对角线的方向生活。只要一打盹就会摔倒，夜里你得蹲着。亲爱的，发现这样简单的事，可是需要天才的，这个字我是掂量过了的。这样，日复一日，通过这样使得关节僵硬、永远不会有变化的束缚，犯人终于知道自己是有罪的，而无辜就在于能愉快地伸展四肢。您想象一下，想象这样一个习惯了高峰和最高甲板的人，被囚在这样的牢房里生活，而能无罪吗？那可真是难以想象了，不是一般地难以想象！要不我的推理就会一败涂地。无罪被归结于驼背生活，我拒绝考虑这种假设，一秒钟都不。何况，我们不能断定任何人是无辜的，却可以断定一切人的罪状。每个人都是他人罪行的见证人，这就是我的信念，我所愿望的。

当宗教在树立道德、宣布戒律时，就已经犯下了错误。这一点请您相信我。对于确定罪状，实施惩罚，上帝是不必要的。在我们自己的帮助下，有我们的同类就足够了。您刚才提到了末日审判，请允许我毕恭毕敬地付之一笑吧。我可是正站稳了脚跟等着呢——我见识过更可怕的人类的审判。在这样的审判中，那些受到审判的人没有酌量减刑的情节，连他们的那些最良好的意图都被归于罪恶之列。您至少听说过唾沫牢房吧，那是一个民族最近想象出来的，用来证明自己是地球上最伟大的人民。在一个由砖砌成的场所，囚徒们在里面站着，但不能动弹。一道到下颌的、牢固的门，把他们关在一个水泥的壳子里。只能看见他们的脸，每个经过的看守都往他们脸上随意吐着唾沫。囚徒由于被牢房的墙壁夹住了，没法抹掉脸上的唾沫，但他们被允许闭上眼，这个的确是真的。怎么样，亲爱的，这才是人类最了不起的一项发明。为了这个小小的杰作，他们不再需要上帝。

您说怎样？很简单，上帝的唯一作用就是保障无辜，我则更倾向于把宗教看作是一个庞大的洗衣厂，作为洗衣厂，它只存在了很短一段时间，仅仅是三年吧，但那段时间它并不叫宗教。那之后，由于肥皂稀缺了，我们的鼻子脏了，不得不相互擦鼻涕。所有人都是懒虫，所有人都受到了惩罚，我们相互吐唾沫好了。嘿，进难受牢房！争先恐后地吐，仅此而已。我要告诉您一个大秘密，亲爱的，不要去等什么末日审判，它每天都在进行。

不，不，这没什么，在这样神圣的潮湿中，我有点发抖。再说了，我们也到了。到了，您先请。请再待一会，陪陪我。我还没说完，应该继续下去。对的，继续，这才是最难的。您听着，知道为什么人家要把他钉在十字架上吗？另一位，您现在想到的那个人。也许知道？好吧，这里有一大堆理由。谋害一个人总是有理由的，反倒是不能为他活着找到理由。这就是为什么总可以找到律师为罪犯辩护，但为无辜者辩护却只是有时能找到。然而，在两千年的时间里，人家给我们很好加以解释的理由之外，还有一个极大的理由来解释痛苦的挣扎，只是我不知道人为什么要这样处心积虑来掩盖它。真正的理由是他知道自己也不是无辜的。如果没有人指控他犯下的过失，那他也有别的过失，哪怕他自己也不知道是什么。他不知道吗？不管怎样，他都知道原委，他应该是听说过某次对无辜者的大屠杀。犹太的儿童被杀害，正是在他们的父母把他们带到安全地点时，如果不是因为他，他们为什么而死？当然，他并不愿意这样。那些嗜血的士兵，那些被砍成两段的儿童，都让他厌恶。但像他那样的人，我敢断定不会忘记他们。而那忧郁，人们在他的所作所为中猜到的忧郁，难道不是那个人的不可救药的忧郁吗？他整夜都能听到拉结[①]在哀哭她的孩子们，听到她拒绝安慰的声音。怨恨之声在黑夜中升起，拉结呼唤着为他而死的孩子们，而他却活着。

只因为他了解自己知道的事，洞察人类的一切——啊，谁会相信让别人死而自己活着不是一桩罪过！——日夜面对自己无意犯下的罪过，所以，站定脚跟，继续下去，对他说来已经变得太困难。最好还是了结了，不为自己辩护，就那样死去，以便不再独自活着，到别处去，到那也许能得到支持的地方去。而他没有得到支持，他心怀怨恨，并且为了结束这一切，人们对他的话做了删节。就是这样，那是第三位福音传播者[②]，我认为就是第三位福音传播者开始删除他的怨言的。“为什么你抛弃了我？”这就是造反的呐喊，难道不是吗？于是，拿剪刀来！记住了，如果路加什么也没有删，人们将不大会注意到这件事，这件事将不会占有这么重要的地位，不管怎样都不会。这样一来，删节者喊出了他删掉的东西，世界的秩序因此变得暧昧。

这并不妨碍被删节者继续下去。而我，亲爱的，我知道自己在说什么。有段时间里，在每一分钟里，我都不知道如何熬到下一分钟。就是这样，在这世上人们能够进行战争，假装做爱，折磨同类，在报纸上炫耀自己，要不就一边打毛衣一边唠叨邻居的坏话。但是，在一些情况下，继续下去，只是继续下去，那就已经是超人的事了。可他不是超人，这您完全可以相信我。他为自己的死呐喊，这就是为什么我爱他，朋友，他连自己死了都不知道。

很不幸，他的的确确撇下了我们，我们不得不继续下去，不管发

① 《圣经》中的人物。

② 《圣经·新约》第三章“路加福音”的作者。路加是公元一世纪的人，原本是异教徒，后改宗基督教。

生了什么，就算是被关进了难受牢房。我们知道了他之所知，却不能为他之所为，更无法像他那样死去。自然，人们尝试过多次，想以他的死来相互帮助。“你们不光彩，好，这是事实。那好吧，不零卖。要一起在十字架上处理掉！”无论如何，对我们说这样的话的确是高招。但眼下在十字架上攀爬的人太多了，不过是想要别人能从更远的地方看到他们，就算因此要践踏一下在那待了很久的人。为了行善而放弃慷慨的人太多了。噢，太不公正，人们对待他的不公正，让我心碎的不公正啊！

看，我又来了，又要开始辩护。请您原谅，我可是有我的理由的。看那里，就在几条街外，那有一座博物馆，叫“我主在阁楼里”。当时，他们在阁楼设置地下教堂。没办法，谁要这一带的地下室都被淹没了呢？但今天您请放心，他们的主不再住在阁楼了，更不住在地下室。他们把他高高地挂在了法庭上，藏在了他们心里某个隐秘的地方，他们钉钉子，关键是他们审判，以他的名义审判。他温和地对女罪人这样说：“我也不判你的罪。”但这根本阻挡不了，他们照旧判罪，他们不会宽宥任何人。以天主的名义，这就是你的账本。什么，天主？他可不会要求这么多，我的朋友。他愿意人们爱他，仅此而已。当然，有人爱他，即使是在基督徒里也有人爱他。但人家要清查他们。何况他也预料到了，他很有幽默感。彼得[①]，那个粗野的汉子，彼得背弃了他：“我不认识这个人……我不明白你是什么意思……”这可是真的，他有点过分了。不过他搞出了一个文字游戏：“在这块石头[②]上，我盖我的教堂。”还没有比这句话的讽刺更厉害的，您难道不觉得吗？但其实不然，他们还有更大的胜利！“你们看呀，他说了！”他的确说了，他很了解这个问题。然后，他永远地走了，让他们去审判和判决，嘴上说着宽容，心里想的却全都是惩罚。

不能说没有怜悯，不对，伟大的神，我们就不停地谈论着怜悯。只

① 基督耶稣的门徒之一。
② 在法文中，彼得被写成 Pierre，跟“石头”（La pierre）一词同形。

不过是这样，人们不宣告任何人无罪。无辜已经死了，法官泛滥成灾，各种各样的法官，基督教的，反基督教的，他们都是一丘之貉，在难受牢房这件事上达成了妥协。理由是不应该只折磨基督徒，其他人也要折磨。在这座城市里，有几座房子曾经是笛卡尔的避难所，您知道其中一座现在成了什么吗？一座疯人院。是的，这真是普遍的疯狂，还有迫害。我们也一样，当然了，我们可是被拖下水的。

您也许意识到我不放过任何东西，不过从您的立场考虑，我认为您也不亚于我。从此，既然我们都是法官了，我们在彼此面前就都是有罪的，我们都是在以卑鄙的方式做基督，最后一个个被钉在十字架上，却不明白为什么。要是我，克拉芒斯，没能找到出路的话，那么，至少我们会被钉在十字架上。这是唯一解决问题的办法，真相大白……

不，就说到这吧，亲爱的朋友，不要害怕，没什么好怕的！况且，我就要离开您了，我们到了我的门口了。有什么办法，在孤独中，再加上疲惫，人很容易把自己当作是预言家。不管怎样，这就是我，栖身荒原，那里到处是嶙峋的乱石，大雾弥漫，污水横流，这就是我，平庸时代的空虚的预言家，没有使命的以利亚[①]，烧得浑身发烫，满肚子都是烧酒，靠着腐朽发霉的门，手指着低矮的苍天，满嘴是无法无天的诅咒，不能忍受任何的审判。亲爱的，这就是问题的全部所在，因为他们无法忍受这一切。赞成法律的人不会害怕使他重新守法的审判。可人类最大的痛苦是没有法律而遭到审判。我们都是正处在这样的痛苦中。法官们失去了习惯了的抑制，任凭偶然摆布，两口合成一口吃。对此应该做的是试着去比他们走得更快，难道不是吗？这就是大混乱。预言者和治病者成倍增加，他们一个个都匆匆忙忙，只为了带着一部好法律或者一个完美的组织在大地荒芜前赶到。幸好，我赶到了！这既是结局，也是开端，我宣布法律。总之，我是法官——忏悔者。

---

① 以利亚，公元前9世纪的希伯来的先知。那时的以色列正处在混乱中。

是的，是的，明天跟您讲这种美好的职业是干什么的。您后天要走，那我们的时间就有点紧了。请您到我这里来吧，您按三下门铃。您是在问巴黎吗？那可很远，但巴黎的确很美，我没忘记它。我还是记得它的霞光，也差不多就是那个时候。夜幕降落在烟雾缭绕的蓝色屋顶，干燥并且嘎嘎作响，城市在低沉地轰鸣，河水仿佛是在倒流。那时我在街上游荡。现在他们也在游荡，我当然知道！他们在游荡，假装很匆忙地走向厌倦的妻子、严厉的家……啊！我的朋友，您知道在大都市中孤独地游荡的滋味吗？……

第六天

真相就像是光亮，炫目耀眼。谎言则相反，是一抹美丽的霞光，它使得任何事物都显出了价值。

这样躺着接待您，我真感到惭愧。没什么，只是有点儿发烧，喝点刺柏酒就会好起来的。我对这种突然发作早已习惯了。我觉得，这是我当教皇那阵得的疟疾。不，只有一半是玩笑。我知道您在想什么，您在想：从他的叙述里分辨真假太难了。这我承认，的确有点是这样。不过我自己……您看，跟我接近的一个人把人分为三等：喜欢毫无隐瞒胜于被迫说谎的，喜欢被迫说谎胜于毫不隐瞒的，和同时喜欢说谎和隐私的。我让您自己去选择哪一类适合我好了。

归根结底，这也没多大关系不是？谎言最后不也一样通向了真理吗？并且我的故事或真或假，还不是都朝着同样的结局、拥有同样的意义吗？要是在这两种情况下，它们都是在表明我过去是怎样的人，现在是怎样的人，那它们是真还是假又有什么关系呢？有时候，人们看一个说谎者比看一个讲真话的人还要清楚。真相就像是光亮，炫目耀眼。谎言则相反，是一抹美丽的霞光，它使得任何事物都显出了价值。好吧，随您了，反正我曾在一个俘虏营里被委任为教皇。

请坐吧。您看看这间屋子，家徒四壁，的确很干净。那是一幅维尔麦尔[1]的画。没有家具，没有锅碗瓢盆，也没有书籍，我已经很长时间

① 维尔麦尔（1632—1675），荷兰风俗画家。

不再阅读了。这房间以前可是满满的装了一半的书的。这跟那些人吃肥鹅肝吃一半扔一半一样可恶。何况我也不喜欢忏悔了，那些忏悔者写的玩意主要就是为了逃避忏悔，为了不说出自己知道的。当他们声称自己是在坦白时，也正是最需要提防他们的时候——他们为死尸化妆了。相信我，我是金银匠呢。我说话一向都这样斩钉截铁的。书没有了，所有无用的东西都没有了，剩下的只是些严格的必需品，是清晰、光亮可鉴的，比如棺材。另外，这些荷兰床都非常结实，铺了新的、用贞洁熏了的床单，人早在裹尸布里死了。

你是说很想知道我当教皇的经历吗？您知道的，这其实很平淡，没什么值得一提的。你是问我还有没有劲儿跟您谈？是呀，我感觉自己在退烧。那都是很久前的事了，那是在非洲，还多亏了隆美尔先生，当时战火如荼呢。我没有参加，不，您最好放心，我避开了在欧洲爆发的战事。我当然被征入伍，但我从没参加过战斗，说起来还真有点遗憾，我是说某种意义上。那可能会改变很多事情吧？法国军队不需要我上前线，它只要求我撤退。于是，后来我又见到了巴黎，还有法国人。也就是在差不多我发现自己是个爱国主义者时，我曾想要参加的抵抗运动吧。您在笑我？这您可是错了。我是在沙特莱的地铁上发现这点的。一条狗在迷宫里迷路了，那是条个子很大、毛很硬的狗，它的一只耳朵断了，眼里喜气洋洋的，就那样一个劲地跳跃，嗅每个路过的人的小腿肚子。我怀着古老、忠实的温情喜欢狗。我真的爱它们，因为它们总是那样宽大为怀。当时我叫唤它，它犹豫了一会儿，但很显然，它被我征服了，它跑到我跟前，离我有几米远吧，使劲摇它的尾巴。就在这时，一个德国兵轻快地经过，他走到狗跟前，抚摸它的脑袋。那狗就不再犹豫，以一样的热情跟着那个德国兵的脚步消失了。据德国兵给予我的嫉妒和愤怒来看，完全应该承认我的反应是爱国主义的。要是那条狗是跟一个法国老百姓走了，我甚至不会想什么。我想象那个可爱的畜生成了德军某团的护身符，这让我义愤填膺起来。看来，测验是有说服力的。

我去了南方，想要打听一下抵抗运动的情况。可到了那里，打听到了一些情况后，我又开始犹豫。我觉得那些事情有些过于疯狂，实话实说吧，有点想入非非。我认为地下活动不适合我的气质，也不适合我对空气流通的高峰的爱好。我就是觉得那样就是人家要求我日夜都在地下室里织地毯，等着一群畜生把我从那地方赶出去，先是拆了我织出的地毯，再把我拖到另外一个地下室里打得我死去活来。我很佩服那些热衷于这种深处英雄主义的人，可我没法效仿他们。

于是我跑到了北非，模模糊糊想要从那里去伦敦。可那时非洲的形势很不明朗，我觉得敌对的政党都有道理，于是只好两方面都不参加。看您的表情，您一定是认为把这些有价值的细节故意匆匆带过了。但这样说好了，我根据您的真实价值观判断您，我匆匆带过是为了引起您对这些细节的注意。总之是我到了突尼斯，一位可爱的女郎保证了我的工作。这是个非常聪明的女友，搞电影的。我跟她到了突尼斯市，直到盟军在阿尔及利亚登陆后，我才知道她的真正职业。登陆那天，她遭到德国人的逮捕，我也同时被逮捕，可是我并没有这样的愿望。我不知道她后来怎样了。至于我，德国人没有怎样我，一开始我很担心，但后来知道了那不过是一种安全措施。当时我被关进的黎波里附近的一座集中营，在那地方，除了恶劣的待遇，最让人无法忍受的是口渴和缺乏物质。对此我就不跟您详细描述了，我们这些世纪中期的人，不需要图画就能想象那种地方。就在一百五十年前，人们一听到森林和湖泊就会柔情顿生。而今天，我们有牢房抒情诗。因此，我相信您。您只需要补充一些细节——酷热、直射的阳光，还有苍蝇、沙子、缺水就足够了。

跟我一起的有位年轻的法国人，他是有信仰的，但简直就是一个童话，是杜盖斯科林[1]一类的人物，如果您愿意的话。他为了战斗从法国来到了西班牙，那些天主教的将军们把他关了起来。他因此见识了佛朗哥的监狱，埃及的豌豆，要是我敢说，那是经过了罗马的祝福了的，就会为此陷入深深的忧郁里。他的思想，加上太阳，让他变得有些失常。有一天，在一顶像是熔化了的铅一样滚烫的帐篷下，我们十几个人在苍蝇的围攻下喘着粗气，他又开始抨击起他称之为罗马人的那个家伙。他有好多天没刮胡子，看着我们的目光是游离的，裸露的身体大汗淋漓，手在自己清晰可见的肋骨上划动，就像是在拨动着琴弦。他向我们宣布，我们应该有一位教皇，是生活在不幸的人中间的，而不是坐在高高的教皇宝座上祈祷的，并且一定要赶快。他就那样摇着头，茫然地看着我们说："对，要尽快。"然后突然平静了下来，有气无力地对我们说，应该从我们中间挑选出来，找一个全面的，优缺点明显的，然后大家都要向这个人宣誓服从，唯一的前提是这个人要答应让我们在他身上，以及在其他人身上共同的痛苦永远都具有生命力，是活着的。"在我们中间，"他说，"谁的弱点最多？"我抬抬手，仅仅是开玩笑，但只有我一个人这样干。"那好，就是诺旺·巴蒂斯特了。"不对，他不是这样说的，那时我还有另一个名字。但他至少宣布说，我的自告奋勇代表着最大的德行，所以建议选举我。其他人没有异议，尽管有点儿戏，但大家都是庄严的。事实上杜盖斯科林震撼住了我们。我自己没觉得那有什么可笑的。而且，我首先发现我的小预言家很有道理，然后是太阳，累死人的苦役，还有争抢水的战斗……总之，我们的情绪都很好。就这样，我行使了几个星期的教皇权利，并越来越当真。

那是怎样的一种权利？天，现在想起来，我就是某种类似队长或者支部书记的玩意。慢慢地，人们开始习惯于对我的服从，包括那些

---

① 杜盖斯科林(1320—1380)，法国军事家，被视为骑士精神和爱国主义的体现者。关于他，法国民间有很多的传说。

从来也没有过信仰的。说到杜盖斯科林是痛苦的，我就把这种痛苦加以引导。但我很快就发现，当教皇并不是想的那么轻松。昨天给您讲过关于法官的事，我们的那些兄弟，在说了那么多轻蔑的话后，我又想起有这样一段。集中营最大的问题是水资源的分配。在我们之外，还有很多团体也成立了起来，包括政治性和宗教性的，每个团体都优待自己的成员。我也不得不优待自己的同志，说来这已经是一个小小的让步。维持完全的平等几乎不可能，即使是在同伙之间。我根据同志们的具体状况，根据他们需要去干的活，我会在大家之间进行分配，可能今天这个人多点，明天那个人多点。但这样造成的后果是很严重的，这您一定知道。但我很累，不愿意再回想那段日子。这样说吧，就在我喝了一个奄奄一息的伙伴的水的那天，大功告成。不，不是杜盖斯科林，他早就死了。他主动放弃得太多。看在上帝的份上，要是他还在，我会忍耐更久，因为我真的爱他，是的，真爱他，起码我自己这样觉得。但我喝了水，这是毋庸置疑的，我自己说服我自己，其他人需要我，比起那个反正是要死的家伙，他们更需要我，所以我应该为了他们保存自己。亲爱的，一个帝国和一种宗教，正是这样在死亡的阳光下诞生的。现在需要修正一点我昨天说过的，我要告诉您一个伟大的思想，这个思想是在我说的那些可能经历过，也可能是幻觉的事情中产生的。这个伟大的思想就是，应该原谅教皇。这首先是他比任何人都需要得到原谅；其次，这是能居于他之上的唯一方法……

哦，您把门关严实了没有？您最好是检查一下。请原谅，我最近一直都担心门闩出问题。我在睡觉前，必须要清楚门闩是不是插上了。因此，每晚睡前我都要起来去检查一遍。人们对什么都无法放心，这我跟您说过了的。您千万不要认为，这种纠结门闩的现象在我就是一种有产者的正常反应。以前，我不锁门，也不锁车。我不会死死抓住钱，也不会老是惦记着什么。说实话，我甚至对拥有一点财产而感到羞愧。好多次我在社交场合的谈话中，满怀信心高声喊叫说："财产，先生们，就是谋杀！"我一直都缺乏一个伟大的心灵，好让穷人来分享我的财富，就只好把它们留给可能会来的小偷了，希望这样能多少平衡一下不公正。何况，如今我可是一无所有。我不是担心财产，我担心的是我自己和我的机智。我念念不忘的是闭门谢客，好在这个封闭起来的小王国里做我的国王，当我的教皇和法官。

对了，您请打开那个壁柜。看看那张画，对，就是它。您认出来了没？它就是《铁面无私的法官们》。对此您一点都没觉得奇怪吗？我可不想说您的文化修养之类的。要是您读报的话，一定会记得1934年，根特[①]圣·巴封教堂里范·艾克绘制的祭坛嵌板《神秘的羔羊》中的一块被盗的事件。那幅嵌板就叫《铁面无私的法官们》。它表现的是法官骑马去瞻仰圣畜。后来被一块复制品代替了，因为原作找不回了。您看，这就是那块。不不，我跟这桩窃案毫无关系。是一个墨西哥城的常客，您见过的，有天晚上喝醉了，以一瓶酒的价格转让给大猩猩的。是我劝我的朋友们把它挂在一个好位置上，就那样挂了很长时间。就在人们在全世界到处找它时，这些虔诚的法官却高高在上，威震墨西哥城里的那些醉汉和乌龟。后来是在我的建议下，大猩猩才把他存放在我这里的。起初他很有些不愿意，但我跟他讲了这些事后，他害怕了。打那以后，我就每天单独跟这些可敬的法官为伴。还有那边，您看看，就在柜子上方，他们留下了一块怎样的空白呀。

为什么我不归还？哈哈，您真是有着警察的素质，对，就是您！那好吧，我就来像回答预审法官那样回答您。如果哪天某人发现了这幅画在我房里，第一，它并不属于我，而是属于墨西哥城的老板，他跟根特城的主教同样有资格拥有它；第二，因为人们从《神秘的羔

① 根特，比利时城市，东弗兰德省省会。

羊》前走过，没人能识别是复制品还是原作，因此，没有人因为我的过错受到损失；第三，因为我以这样的方式占据了统治地位，假的法官被抬出来供全世界瞻仰，而只有我知道真法官在哪；第四，因为我将有幸被关进监狱，而某种意义上，这是个令人垂涎的念头；第五，因为这些法官去跟羔羊见面，但羔羊已经不复存在，而羔羊就是无辜的，那个偷了这幅嵌板画的小偷就成了不被人知的正义的工具，所以还是不要违背正义的好；最后，因为通过这种方式，我们就处在了秩序之中，正义与无辜永远分离，后者在十字架上，而前者在壁橱里，我有了根据我的信念工作的自由天地。我可以良心很安地继续履行法官——忏悔者这种困难的职业，我在其中摆脱了这么多的失望和矛盾，而现在是，既然您要走了，那就到了我对您说出这一职业究竟是什么的时候了。

请允许我坐起来吧，这样我会觉得呼吸顺畅一些。噢！我是这样疲惫！现在您先把我们的法官锁起来吧，谢谢了。我现在就来履行法官——忏悔者这一职业。一般来说，我的事务所是在墨西哥城，但通常伟大的使命都会超出工作的范围，甚至在这里，在我的床上，在发烧的时候，我都在从事我的职业要求的工作。何况对我来说，这种职业不是干，而是时刻都在呼吸着它。其实您别这样想，认为我这五天来我跟您说的这些话都是为了开心，绝不是的。我说得已经够多了，现在完全可以不再说了。现在，我的话是有目的的。显然，它要抑制住笑声，并使自己逃过审判，尽管表面看起来没有出路。逃避审判最大的阻碍难道不是我们自己第一个出来对自己进行着宣判吗？所以，就该把审判范围扩大了，扩及所有人，以便达到事先冲淡的目的。

绝对不要给予任何人以谅解，这是我一开始的原则。我否认那些良好的动机，那些值得尊敬的失误及一时的失足，不会顾及任何可以酌情减轻罪责的情节。我不祝福，也不会给予宽恕。对我来说这仅仅是算账，算完了会说：“看，就是这么多了。你是一恶棍、色情狂、撒谎的惯犯、同性恋、异想天开的混蛋，诸如此类。”是的，就是这样。我就是这样粗暴生硬。我承认每一种不承认人是无辜的理论，无论是哲学的还是政治的，赞同所有把人看作是罪犯的实践。亲爱的，您在我身上看到的是一个明智的有关奴役理论的拥护者。

严格说，没有奴役，也就没有最终解决。我很快就明白了这点。过去，我只是嘴巴上的自由主义者。我会在早餐时把它扩大到面包片上去，然后整体咀嚼着，我给这个世界带来了一股因自由而来的清凉与甘甜的气息。有谁想要反驳我，我就会把这个巨大的词语甩到他脸上，我就是用它在为我的欲望和目的服务。在床上，我会在我的那些女伴耳边轻轻念叨这个词，然后由它帮我甩掉她们。我在暗地里把它……不行，还是不说了，我兴奋起来会失去节制。总之，是我给了自由主义一个无私的用处，甚至……看看，我这是有多天真，都为它辩护了三次了，当然我还没到要为它献身的程度，不过也要担不少风险。您应该原谅我这些冒失，因为我自己也不知道在干什么。应该知道自由原本就不是一种奖赏，也不是一枚人们作为理由用来打开香槟的勋章。是的，它不是礼物，更不是一份能满足口腹之欲的甜食。啊！不是，恰恰相反，它是一种苦役，一次长跑，是孤独和让人耗尽精力的。没有香槟，连一个会温情挽留你的朋友都没有，更不会有人因为这个而为您举杯。那就是一个人在一座阴森森的大厅里，要不就是小酒吧的隔间里，面对的是法官，要您自己做出决定，来面对您自己或者别人的审判。每一种自由的背后都有一篇判词，这就是自由之所以沉重，之所以难以承受的缘故，尤其是当你在发烧，在受苦或者不爱任何人的时候。

好吧，就是这样，亲爱的，对于一个没有上帝，没有主人的孤独的人来说，岁月是沉重的，所以，就应该为自己选择一个主人。上帝如今已经不再时髦了，何况这个字早就毫无意义，不值得为它冒招致不快的风险。还有我们的那些道德家们，一本正经宣扬什么爱自己的邻居和周围的一切，总之一句话，要是他们不在教堂里布道，那就没有什么能把他们跟基督徒区分开来。据您看，究竟是什么使得他们没法皈依呢？我想是尊重，对人的尊重。他们不愿意引起公愤，他们为他人保留自己的意见。我就认识这样一位不信神的小说家，他每天都会在晚上祈祷一番，但这一点都不妨碍他干自己想干的。他在自己的书中都对上帝干了些什么呀！那是怎样的一种松弛筋骨呀！我忘了是谁说的了。一个自由的思想家，一个我曾对他推心置腹的自由思想家，他没有多少恶意地对我举起双手，“您什么也没有教会我，”这个宣传自己学说的人叹息道，“他们也都是这样的。”据他看来，我们百分之八十的作家，要是可以不在自己的书上署名的话，都会写上上帝的名字，并自己对其顶礼膜拜。但问题是他们署名，那位自由思想家说，那是因为他们太爱自己，要是他们对什么都不礼拜，那就是在厌恶自己了。由于他们毕竟不能回避审判，于是他们就在道德方面争先恐后。一句话，他们具备合乎道德的恶魔精神。真是一个古怪的时代！一个思想被搞乱了的时代。我一个朋友，当他还是一个行为严谨的丈夫时，他不信上帝，但当他搞过通奸了，却皈依了宗教，这不值得大惊小怪是吧？

啊！阴险的小人，戏子，伪君子，一副可怜相！相信我好了，当他们举火烧天的时候，他们也还是这副模样。不管他们是信神还是表现出虔诚，也不论他们是莫斯科人还是波士顿人，他们都是父子相传的基督徒。可正因为没有了父亲，所以才没了规矩。人是自由的，那就得自己想办法。还因为他们是非常不情愿要自由，不愿意要它给出的判词，他们就要求他人把自由放在手上，他们发明了可怕的规则，他们争先恐后地建造焚尸的柴堆来代替教堂。我告诉您好了，他们就是一群萨沃纳罗拉[①]。但他们只相信罪恶，不相信宽恕。当然，他们也需要宽恕，但他

① 萨沃纳罗拉（1452—1498），意大利传教士。他布道的内容主要为对个人罪行和淡泊生活的反省。

们所想要的宽恕是：宽恕，肯定，放弃，生之幸福，还有谁知道别的东西，订婚，鲜艳的少女，正直的男人，音乐，因为他们多愁善感。比方说我吧，我就不多愁善感，告诉您我想要的东西是：全心全意的、完全彻底的爱情，夜以继日、在不间断拥抱中的、享乐的、让人发狂的爱情，就这样连续五年，然后死去。唉！

就因为没有订婚，没有这种不间断的爱情，才有了粗暴的婚姻和强力的鞭子。最根本的是，像在孩子眼中，一切都变得简单了。所有的行动都遭到了判决，善与恶被武断，因此也是明显地抬出来。尽管我是西西里人和爪哇人，但我同意基督徒一文不值的说法，虽然对一个基督徒我怀有友情。然而在巴黎的桥上，我也知道了自己害怕自由。不管主人怎样，为了替代上天的律法，还是要欢呼主人万岁。“我的父，您暂时在此……我们的导师，我们令人愉悦的严厉的领袖，哦，残酷而敬爱的引路人……”您看，最后根本的还是不再自由，是心怀悔恨服从比自己更狡猾的人。一旦我们全都成了罪人，那时也就是民主了。亲爱的朋友，这可不算是为了孤独地死去进行的报复。死当然是孤独的，但奴役却是集体的。跟我们不同时代的人们也有他们的账单，这很重要，知道吗？所有的人因此终于聚集到了一起，大家一起跪下，低垂着头。

像社会上其他人那样活着岂不是也很好吗？那么，其他人不是也该像我一样吗？威胁、耻辱、警察，这就是相像的圣礼。我被蔑视，被追捕，被压抑，因此我能够大显身手，享受真实的自我，最后尘归尘，土归土。亲爱的，这就是为什么我要在向庄严的自由致敬后，悄悄决定应该把它归还给他人的原因。只要我做得到，我就会在我的墨西哥城宣讲，我要良民们顺从，要他们谦卑地设法获得被奴役的舒适，哪怕为此把奴役表现为真正的自由。

但我没有发疯，我很清楚奴隶制不是明天就会到来的。那只是未来的一桩善举，仅此而已。从现在到那时，我得跟现实合拍，找到一个解决的办法，即使是临时的也行。也就是说我得找到一个办法，把审判扩及所有人，这样来减轻我肩上担子的重量。请您把窗户打开一点，这里现在太热了。不要开很大，那样我会冷的。我的思想简单又丰富。怎样把所有人都拉下水，而我自己又能在阳光下晒干？我要登上讲坛，跟我的很多同时代的著名人物一样，诅咒人类？不，那太危险。一天或者某个夜里，笑声会突然爆发出。你给别人的判词最终会落到你自己的头上，让你付出代价。您说说，该怎么办？那好，我这有一个高招。我发现，在等待主人还有鞭挞时，我们应该像哥白尼那样，倒过来推理以求胜利。

既然人不审判自己就不能审判他人，那就要自己攻击自己来获得审判他人的权利；既然每一个法官最终都会成为忏悔者，那就应该走相反的道路，当忏悔者，以便能成为法官。您还能跟上吗？好的。为了能说得更清楚，我再来跟您说说我怎样工作好了。

我首先要做的是关闭律师事务所，离开巴黎出去旅行，并且化名在某个不缺乏练习机会的地方安身。世界上这样的地方太多了，但是，偶然、方便、嘲讽和某种苦修的必要使得我选择了一个到处都是肆流的水的、大雾弥漫的地方，它被它的运河紧紧缠绕住了，出奇地拥挤，汇集了来自世界各地的人。我在海员区的一家酒吧里安设了我的事务所。在这里，来自港口的主顾什么样的都有。穷人们是不会去豪华的街区的，而有身份的人总是，至少有一次，这您也见过了，流落到这种声名狼藉的地方来。我特别留意那些资产者，对他们，我会发挥出最大的能量来。我以一个高手的姿态，让他们演奏出最文雅的音调。

也就是说，这段时间我一直在墨西哥城干我这种很有用的职业。您是已经有了经验的，这种职业首先在于要尽可能展开忏悔。我全方位地认罪。这一点都不困难，现在我的记性恢复了。但请注意，我没有捶胸顿足，没有粗俗地认罪。不，我是在机灵地航行，色调多变，枝节横生，最后，我还会见人说话，诱导他们和我比着忏悔自己。我把涉及我的事情跟别人的事情混淆起来。我善于博采众长，找出共同之处来，比如那些都经受过的苦难，还有一样的弱点，各种时髦的气派，时下的名人等等，就好像它在我身上和在别人身上存在的那样。就是用这些，我制造了一幅是任何人、又不是任何人的画像。简而言之，一副面具，很像狂欢节上的那种，简单、写实，看到戴着这样的面具的他，人们心里会想："看呀，我见到过他的。"肖像画完成了，比如今晚，我不胜悲痛地把它拿出来："看，唉！我就是这副样子。"这时候公诉就算完成了，与此同时，我展示给我同时代人的肖像则变成了一面镜子。

我满身都是污秽，不紧不慢地揪着我的头发，在脸上划出一道道指甲印，然后目光敏锐，站在全体人类面前，回顾我的耻辱，盯着我制造出的效果说："我是无耻之尤。"就这样，在不知不觉中，我通过言说把"我"过渡到了"我们"。当我说"我们就是这副模样"时，戏法就变成了。我就可以说出他们的真相了。跟他们一样，我们都在一口锅里。但只有我是明白的，这是我给自己的权利。您一定看出了其中的妙处，我可以很肯定是的。我越是认罪，就越是有权利审判你们。比这更厉害的是，我激发了你们审判自己的欲望，这使得我感到轻松。啊！亲爱的，我们是多么奇怪而可悲的人呀，只要回顾一下我们的生活，就会有太多让自己吃惊和反感的机会。试试看吧，请放心好了，我会心怀深沉的博爱之情倾听您的忏悔的。

千万别笑！真的，您是一个挑剔的主顾，这我第一眼就看出来了。但您会来的，这没法避免。大多数人不那么聪明，太容易动感情，我可以一下子就把他们弄糊涂。不过我承认，对聪明的人需要时间，但只要深入解释方法也够了。他们忘不了，他们会思索。这天或者那天，一半是游戏，一半是混乱，他们总会坐到我的桌前。您，不仅仅是聪明，您还很圆滑，但您是否觉得比起五天前，您不再那么对自己满意了，是吗？我现在等着您给我写信，要不就再来一趟。我想您还是会再来的，您会发现我一点都没变。而且，我找到的幸福对我是合适的，我为什么要改变呢？我接受了双重性，不为此感到痛苦。恰恰相反，我安顿了下来，在这里找到了毕生追求的舒适。我知道自己错了，不该对您谈最根本的审判这事。最主要是要能为所欲为，为此，即使是不时地大声宣扬自己的卑鄙也无所谓。我再次能为所欲为了，但这一次没有笑声。我没有改变我的生活，我继续爱着自己，利用他人。我对过失的忏悔让自己能更轻松开始新的生活，能享受两次，先是我的天性，接着是我迷人的悔恨。

打从我找到了解决办法后，我就开始沉醉于这一切，女人、傲慢、厌倦和仇恨，还沉醉于寒热病，而我此时此刻正以难以比拟的快乐感受着热度的升高。终于我处在了支配的地位上，并且这将是永恒的。我看到了一座高峰，我一个人开始攀爬，从这座高峰上我可以审判所有人。有些时候，当夜色很美妙的时候，我能听到远处传来的一阵笑声，让我重新开始疑心重重。不过我知道，我很快就能把一切创造物跟创造本身，置于我的缺陷的重压之下，于是我就一如常态。

我会在墨西哥城等着您的消息，不论需要多长时间。我拿掉了杯子，需要喘口气。我想您一定会来的，是吗？我甚至会告诉您我具体的方法，要知道我对您可是有着一种友爱。您会看到我是怎样教他们厌恶自己的。从今夜起，我将再度开始。我无法离弃属于自己的这种时刻，也剥夺不了它，这样的时刻里，我是高大的，亲爱的，我高大了起来，自由呼吸着。我站在高山之巅，平原在我的脚底伸展开去。我感到自己就是上帝，感到是在颁发放荡的最终许可证，这可真令人陶醉！我高踞我的卑鄙的天使之上，在荷兰的天空的最高点，看着大批的人经过了末日的审判，穿过迷雾与水汽，正在朝着我冉冉升起。他们的升起是舒缓的，我已经看到其中有一个倒下了。他用一只手半掩着迷茫的脸，我在这脸上看到了共同命运带来的忧伤和无法避开它而产生的绝望之情。而我，怜悯和宽宥，理解而原谅，最主要的是，啊，我终于能感到人们对我的崇拜了！

是的，我现在很激动，我没法继续老老实实躺着了。我必须要比您高，我的思想托起了我。在那些夜里，不，还不如说是清晨，因为堕落总是在黎明时分发生。我出门了，步履迟缓地沿着运河走。灰色的天空里，羽毛层变得稀薄，鸽子飞得越发高了，在屋顶上出现一抹绯红的光，预示着我新创造的一天的开始。在拉克街上，第一辆电车驶过来了，在湿漉漉的空气中传来铃声，它在欧洲的边陲呼唤着生活，在欧洲，在同一时刻里，几亿人——我的臣民，正艰难地从床上爬起来，满嘴都是苦涩，准备去继续那些无聊的工作。而我的思想在这于不知不觉里臣服于我的大陆上飞翔，品尝着这正在来临的浸透苦艾酒的一天，最后沉醉在恶意十足的胡言乱语中。是的，我幸福，我很幸福，我告诉您，我不许您不信我是幸福的，我幸福得都要死了！噢，阳光、海滩和信风吹拂下的岛屿，那回忆为之绝望的青春！

好吧，我还是躺下，请原谅。我不敢激动，但我没法不流泪。人有时就是这样，会迷失，会怀疑显然的事实，这些甚至会发生在发现了过好日子的秘诀时。我承认我的解决方法不是那么理想。但当一个人不再爱自己的生活了，当他知道需要改变时，他无法选择，您说是不是？怎样才能成为另一个人呢？这是不可能的。应该什么人都不是，应该为了某个人忘掉自己，至少要忘掉一次。但怎么办呢？不要过分凌辱我。我就像是那个老乞丐，那一天在咖啡馆的平台上，他不愿意放开我的手，“是啊先生，”他说，“我不是个坏人，但我失去了光明。”的确，我们失去了光明，失去了清晨，失去了那个自我原谅的人的纯真。

看，下雪了！我得出去！在银白色的夜里入睡的阿姆斯特丹，被雪覆盖了的小桥下、暗色的玉砌就的运河边，悄无声息的街道上悄无声息的脚步，那时将会是纯洁无瑕的，但一转眼就会变成明日污浊的泥泞。您看，巨大的雪团打在了窗户上散成一片。这一定是鸽子。它们终于下决心下来了，这些可爱的小东西。它们用厚厚的羽毛覆盖了运河、屋顶，它们扑打着所有的窗户。这是怎样的一次入侵呀！让我们希望它们带来好的消息吧！比方从今天起，每晚为了我而睡在地上。这是多纯的诗情！算了，承认好了，要是有一辆车自天而降，把我带走，假如皑皑白雪燃起了大火，您将会多么惊讶。您不信？我也不信，但我还是要出去。

好，好，好的，我安心躺下，您别担心。别太把我流露的情感当真，更别相信我的疯狂，它们是节制的。喂，现在您要跟我说说您自己了，我希望知道我热情洋溢的忏悔目的之一是否达到。的确，我一直希望我的对话者是一名警察，他将会因为《铁面无私的法官们》逮捕我。除此之外，再也没有任何人能逮捕我，您说呢？我想这宗案子将会有人落网，我为了成为同谋安排了这一切，是我藏起了这幅画，谁都可以拿出来看。您逮捕我吧，那会是一个很不错的开端。可能其他人的事人家也要管，比如我会被斩首，我会不再害怕死亡，我也会获救。在聚集起来的人民的头颅上，您将举起我的依然新鲜的头颅，以便让他们认识自己，而我会再度开始统治他们，杀一儆百。一切都将完成，没有人看到，也没有人知道，我将要结束我在荒野中呼喊而拒绝走出去的预言家的生涯。

但您当然不是警察，那样就太过于简单了。怎么？啊！您看，我早就料到了。这样我感到对您怀着的奇怪的友情就有了意义。您在巴黎干律师这行，这真是个美妙的职业！我很清楚地知道我们是同一类人。怎么，我们不一样吗？不说好了，不对任何人说，总是在商谈同样的问题，而我们事先早就有了答案。那请跟我说说，求求您，有天您在塞纳河畔遇到的那事，您是怎样做到从不冒生命危险的。您自己说出来的那话吧，很多年来，这些话都不断在夜里回响在我的耳畔，可我最后将通过您的嘴说出来："唉，年轻的姑娘，再往水里跳一次好了，好让我能有第二次机会使我俩得救！”是的，第二次，嗯，有点冒失是吧！假定一下，亲爱的大律师，假定人们根据我们说的话看待我们会怎样？应该勉为其难吧。哎哟……水真凉！但，还是让我们放心好了！现在很晚，会一直都很晚。谢天谢地！

— THE END —

附录：

西西弗斯的神话

诸神处罚西西弗斯不停把一块巨石推上山顶，而石头由于自身重量又滚下山去，诸神认为再也没有比进行这种无效的劳动更为严厉的惩罚了。

如果相信荷马说的，西西弗斯是最终要死的人中最聪明、最谨慎的。但另一种传说说他倾向于干强盗营生。我看不出其中有什么矛盾。各种说法的分歧，在于是否要赋予这地狱中的无效劳动者的行为以价值。人们首先是以某种轻率的态度，把他与诸神放在一起进行谴责，并历数他们的隐私。埃索波斯[①]的女儿艾奎娜被宙斯劫走了。父亲对女儿的失踪大为不解，就去询问西西弗斯并对他诉苦，深知内情的西西弗斯对埃索波斯说，他可以告诉他女儿的下落，但条件是埃索波斯必须要向科林斯城供水。西西弗斯喜欢水的沐浴远胜于天火雷电。他因此被罚下地狱。荷马告诉我们西西弗斯曾经扼住过死神的喉咙。普洛托[②]忍受不了地狱王国的荒凉寂寞，他催促战神把死神从其战胜者

---

① 希腊神话里的河神。

② 罗马神话里的冥王。

手中解救出来。

还有人说，西西弗斯在临死前冒失地要检验他妻子对他的爱情。他命令她把他的尸体扔在广场中央，不埋葬，不举行任何仪式，于是西西弗斯重堕地狱。他在那里对这种违背人类爱的服从感到愤怒，就获得普洛托的同意重返人间惩罚他的妻子。但当他又一次看到这大地的面貌，重新领略到流水、阳光、火热的石头、辽阔的大海后，就再也不愿回到阴森的地狱中去了。冥王的诏令、气愤和警告都无济于事。他又在大海弯曲明亮的海岸线边，还有大地的微笑下生活了很多年。诸神于是进行干涉。墨丘利[①]跑来揪住这冒犯者的领子，把他从欢乐的生活中拉了出来，强行投入地狱，在那里，为惩罚他而专门准备了一块巨石。

我们已经明白，西西弗斯是个荒谬的英雄。他之所以是荒谬的英雄，是因为他的激情，也是因为他所受的磨难。他藐视神明，仇恨死亡，对生活充满激情，这必然使他受到难以用言语描述的折磨——他以自己整个身心致力于一种没有效果的事业。而这是为了对大地的无限热爱必须付出的代价。人们并没有告诉我们西西弗斯在地狱里的具体情况。创造这个神话，是为了让人的想象使西西弗斯的形象栩栩如生。在西西弗斯身上，我们只能看到这样一幅图画：一个绷紧着的身体，正在竭尽全力把一块巨石推向山顶，沿途有着上百的陡坡；我们看到扭曲的脸，紧贴在巨石上，那落满泥土的抖动的肩膀，沾满泥土的双脚，完全僵直的胳膊，以及那坚实的满是泥土的人的双手。经过漫长的，需要用没有天空的空间和没有纵深的时间来度量的不懈努力，目的就达到了。但这时，西西弗斯看着巨石瞬间滚到了下面的世界里，而他则不得不再度把这巨石推向山顶。他于是向平原走去。

---

① 罗马神话中的商业之神，也就是希腊神话中的众神使者。

我所感兴趣的是返回途中，停歇时的西西弗斯。那张脸因为如此贴近石块而变成了石头！我看到这个人迈着沉重而均匀的脚步下山，走向那无尽的苦难。这个时刻就像呼吸那样短促，它的到来与西西弗斯的不幸一样确定无疑。这是意识的时刻。在每一个这样的时刻中，他离开山顶并逐渐深入到诸神隐蔽的住所时，他超出了自己的命运。他比他搬动的巨石还要坚硬。

如果说，这个神话是悲剧的，那是因为它的主人公是有意识的。如果每一步都有着成功的希望作为支撑，那么他的苦难又将在哪里呢？今天的工人终生都在劳动，终日完成的是同样的工作，这样的命运同样荒谬。但它只在工人对此有了意识时才变得悲壮，但这样的时刻很少出现。西西弗斯，这诸神中的无产者，这进行无效劳役而又进行反叛的无产者，他完全清楚自己所处的悲惨境况。在他下山时，他想到的正是这悲惨的境况。造成西西弗斯痛苦的洞察力，同时也就造就了他的胜利。不存在不通过蔑视而能自我超越的命运。

如果在某些天里下山这样的行为是在痛苦中进行，那么它同样可以在欢乐中进行。这并不是言过其实。我还想象西西弗斯又回头走向他的巨石，痛苦重新开始。当大地的形象过于强烈地纠缠住了他的记忆时，当幸福的呼唤过于急促时，忧伤就会在人的心里升起，这时候就是巨石的胜利，这也是巨石本身。相对于巨石的重量，忧伤的沉重是难以忍受的。这是我们的客西马尼之夜[①]。然而不可抗拒的真理一旦被接受，也就宣告完结。因此，俄狄浦斯不知不觉首先屈从命运。而一旦他明白了一切，他的悲剧就开始了。与此同时，两眼失明而又丧失希望的他认识到，他与世界之间的唯一联系就是一个年轻姑娘新鲜的手。他于是毫无顾忌发出这样震撼人心的声音："尽管我历尽艰难困苦，但我的高龄和我灵魂的高贵深邃，仍使得我认为一切皆善。"像

---

① 《圣经》中说，耶稣在橄榄山下一个叫客西马尼的地方，让门徒们祷告，不要睡觉，不要受到迷惑，他次日于此被犹大出卖。

陀思妥耶夫斯基的基利洛夫一样，索福克勒斯的俄狄浦斯就是这样提供的荒诞的胜利的方式。古代的智慧和现代的英雄主义由此得到了会合。

不试图去写一部关于幸福的教科书，是发现不了荒诞的。“啊！什么，路这样窄……？”但世界只有一个。幸福与荒诞是同一大地的两个孩子。他们是不可分开的。但说幸福一定产生于荒诞的发现是错误的。因为荒诞有时也产生于幸福。俄狄浦斯说：“我认为一切皆善。”这种说法是神圣的。它回响在人的险恶而有限的宇宙之中。它告诫人们一切都还没有也从没有被穷尽过。它把一个上帝从世界中驱逐出去，这个上帝是怀着不满足的以及对无效痛苦的偏好而进入世界的。它使得命运成为人自己的事，而这件事本该在人间解决。

西西弗斯无声的全部快乐就在于此。他的命运就在他眼前，他的巨石是他的事情。同样，当荒诞的人深思他的痛苦时，他就使一切偶像哑然失声。在这突然重又寂静的世界中，大地传出千万个美妙细小的声音。无意识的、秘密的召唤，各种面孔的邀请，都是必要的反面和胜利的代价。不存在无阴影的太阳，而且必须认识黑夜。荒诞的人说“是”，于是他的努力永不停息。如果有一种个人的命运，就不会有更高的命运，或至少可以说，只有一种被人看作是宿命的和应受到蔑视的命运。至于其他，他知道那都是他自己的岁月。在这微妙的时刻，人回归到自己的生活之中，西西弗斯回身走向巨石，他静观这一系列没有关联而又变成他自己命运的行动，他的命运是他自己创造的，是在他的记忆的注视下统一起来的，很快被他的死确定下来。这样，确信一切人的事都源自人自己，盲目而渴望看见并知道黑暗的没有尽头，西西弗斯永远在行进。而巨石仍在滚动。

我把西西弗斯留在山脚下！人们总是看到他的重负。而西西弗斯教会我们否定对神推动巨石的命令的至高无上的忠诚。他也由此断定，一切皆善。这个从此没有主宰的世界对他来讲既不是荒漠，也不是沃土。这块巨石上的每一颗粒、这黑黝黝的高山上的每一粒矿砂的光芒，都对他一个人构成一个世界。攀登顶峰的奋斗本身就足以充实人的灵魂。应该设想，西西弗斯是幸福的。

阿尔贝·加缪年谱

◎ 1913 年 11 月 7 日，阿尔贝·加缪生于阿尔及利亚的蒙多维（Mondovi）。父亲在 1914 年大战时阵亡后，他随母亲移居阿尔及尔贫民区外祖母家，生活极为艰难。阿尔贝由做佣人的母亲抚养长大，从小就在阿尔及利亚的贝尔库（Belcourt）的平民区尝尽了生活艰辛。

◎ 1923 到 1924 年，加缪在乡村小学就读，启蒙老师路易·热尔曼发现他在文字创作上具有很高的天赋，于是，路易·热尔曼极力劝说加缪的家人让他继续上学。加缪通过了助学金考试，1924 年进入阿尔及尔的 Bugeaud 中学。

◎ 1930 年，加缪患上肺结核，使得曾经是阿尔及利亚竞技大学队门将的加缪放弃了自己的足球生涯。加缪曾说过这样一句话："只有通过足球，我才能了解人及人的灵魂。"

◎ 1931 年，加缪结识了哲学教授 Jean Grenier，从此爱上了哲学。

◎ 1932 年，加缪在《南方》（Sud）杂志上第一次发表随笔作品。

◎ 1933 年，进入阿尔及尔大学攻读哲学和古典文学。

◎ 1934 年 6 月，与 Simone Hié 结婚，一年后离婚。

◎ 1935 年，开始从事戏剧活动，曾创办过剧团，写过剧本，当过演员。戏剧在他一生的创作中占有重要地位。

◎ 1935 年秋天，加缪加入了法国共产党阿尔及尔支部。后因与穆斯林作家和伊斯兰宗教领袖来往，对党在阿尔及利亚的政策有不同看法，1937 年 11 月被开除出党。

◎ 1936 年，加缪完成学业，毕业论文题为《新柏拉图主义和基督教思想》，但因肺病而未能参加大学任教资格考试。

◎ 1936 至 1939 年，一开始在劳动剧院（Th é atredu Travail），后在团队剧院改编并参演众多剧目。

◎ 1937 年，出版随笔集《反与正》，第一次展示了思想的锋芒。他的随笔涉及人在被异化的世界里的孤独感、人面对自身的罪恶和死亡威胁时应该如何做出选择等等。

1938 年，加缪成为阿尔及尔共和报的记者，主要负责阿尔及利亚政治案件。

◎ 1940 年，因国际形势紧张，阿尔及尔共和报停止出版，加缪去到巴黎，和志同道合的朋友一起加入了巴黎晚报，从事编辑工作。同年的 6 月 14 日，巴黎沦陷，法国傀儡政权维希政府成立。同年冬天，加缪带着妻子（与第一任妻子离婚后，他又娶了第二任妻子 Francine Faure）离开巴黎，到了阿尔及利亚的奥兰城教书，在这里一共住了 18 个月，正是这一段生活，使他酝酿出《鼠疫》。

◎ 1942 年，加缪离开阿尔及利亚回到巴黎，再次为巴黎晚报工作，然后在伽里马出版社做编辑，秘密参与抵抗运动，主编地下刊物——战斗报，并在战斗报上发表小说《局外人》。书中他形象地提出了存在主义关于“荒谬”的观念。随后，哲学随笔《西西弗斯的神话》发表，这两本书鼓舞了年轻读者的同时也使加缪开始出名。

◎ 1943 年 4 月，加缪结识了萨特和波伏娃，在哲学和戏剧等方面的共同爱好使他们成了非常亲密的朋友。

◎ 1944 年，法国解放，加缪出任《战斗报》主编。

◎ 1945 年，戏剧《卡里古拉》首次演出。

◎ 1947 年，长篇小说《鼠疫》获法国批评奖，进一步确立了加缪在西方当代文学中的重要地位。同年，加缪离开了战斗报。

◎ 1949 年 12 月，戏剧《正义者》(Justes) 首次演出。

◎ 1951 年，加缪发表了哲学论文《反抗者》。遭到了左派知识分子阵营的攻击，并引起一场与萨特等人长达一年之久的论战。隔年，加缪与萨特正式决裂。

◎ 1954 年春天，《夏天》出版。10 月 4、5、6 三天，加缪前往荷兰短暂旅行。这是他唯一一次访问这个成为他的小说《堕落》(Lachute) 发生地的国家。这年 11 月 1 日，阿尔及利亚民族解放战线开始袭击阿拉伯和法国平民，随后阿尔及利亚战争爆发。

◎ 1955 年 3 月，《一件有趣的案件》(Uncas intéressant) 上演，改编自 Dino Buzzati 的作品。4 月，访问希腊。5 月到第二年 2 月，为《快报》(L'express) 写专栏文章，评论阿尔及利亚危机，所有文章以后以 "Actuelles III" 为题结集出版。

◎ 1956 年，加缪发表了中篇小说《堕落》，还出版了包括 6 个短篇小说的集子《流放与王国》。

◎ 1957 年 10 月，瑞典文学院宣布，"因为他的作品阐明了当今时代向人类良知提出的各种问题""一种真正的道义的介入推动他大胆地、以全部身心谋求解决生活上的各种根本性问题"，加缪获得了该年的诺贝尔文学奖，成为这个奖项历史上最年轻的获奖者。

◎ 1958 年,《瑞典演讲》出版。加缪在 Lourmarin 买了一幢房子。

◎ 1959 年,《鬼怪附身的人》上演。同时，加缪千方百计想成立自己的剧团。

◎ 1960 年 1 月 4 日，加缪搭朋友的顺风车从普罗旺斯去巴黎，途中发生车祸，加缪当场死亡，年仅 47 岁。在他随身携带的提包里，有没有完成的长篇小说手稿《第一个人》。